The Memories
of Wuhan City

武汉城市记

胡榴明 著
胡西雷 配图摄影

WUHAN UNIVERSITY PRESS
武汉大学出版社

图书在版编目(CIP)数据

武汉城市记/胡榴明著;胡西雷配图摄影.—武汉:武汉大学出版社,2022.1(2024.7 重印)
ISBN 978-7-307-22407-0

Ⅰ.武… Ⅱ.①胡… ②胡… Ⅲ.散文集—中国—当代 Ⅳ.I267

中国版本图书馆 CIP 数据核字(2021)第 118106 号

责任编辑:黄 殊 责任校对:汪欣怡 版式设计:韩闻锦

出版发行:**武汉大学出版社** (430072 武昌 珞珈山)
(电子邮箱:cbs22@ whu.edu.cn 网址:www.wdp.com.cn)
印刷:武汉邮科印务有限公司
开本:720×1000 1/16 印张:21.75 字数:312 千字
版次:2022 年 1 月第 1 版 2024 年 7 月第 2 次印刷
ISBN 978-7-307-22407-0 定价:45.00 元

目　录

城·迹

城·品

城 · 风

城·迹

2006 年汉口江汉路步行街上的上海商业银行旧址

古琴台

武汉三镇，以汉阳历史最为悠久。东汉末年，戴监军在龟山北麓建却月城，荆州牧刘表部将黄祖驻军城内以抗东吴。

却月城又名偃月城，是武汉城市史上第一个具有军事堡垒作用的城池。唐高祖武德四年（621 年），原属沔州的汉阳县县府从蔡甸临嶂山迁到龟山，从此，“汉阳”城名和地名合一至今。

长江和汉水交汇处的汉阳，其自然风景和人文风光闻名古今，以诗词水墨吟咏描绘者众多，从古人的诗画中能够感受到这样的主题：与俗世相隔绝的美和与俗世相隔绝的精神气韵，李白有诗云：“时寻汉阳令，取醉月中归。”也许，这就是汉阳，其中，最有代表性的风物当数古琴台。

龟山西侧的古琴台，又名伯牙台，传说是春秋时伯牙弹琴之处。最初建于北宋，此后多次遭遇战乱，原有建筑几乎荡然无存。年代最近的一次，公元 1911 年，革命军和清军激烈交战，枪林弹雨毁掉了清光绪年间重建的古建筑群。

汉阳，自古以来舟车往返、商贾云集，自古以来烽烟连绵、争战频繁。古琴台近临通衢大道，所以每每遭遇劫难，由是屡建屡毁、屡毁屡建。1956 年，政府拨款全面修复，才有了今天的琴台公园。古迹复苏，往往要等到天下太平的时候。

古琴台建筑群，虽然占地不大，但是建筑格局十分精致。数级石阶进入，庭院、园林、茶室、殿堂、回廊，一步一景、层叠重复，婉转优雅如楚辞。

转入鲫鱼背镂空花的白粉墙内，人声市语、车水马龙，一切尘俗的喧哗都被隔绝在两扇黑漆大门外。庭院深深，林木森森，砖石甬道湿润润的，洁净如洗，小鸟啁啾嘀溜溜地从肥厚的大灌木叶片间滑过。几根竹子、一兜芭蕉，榆钱垂挂，假山、亭台、阁楼，翘檐在如洗的碧天下高高地朝两端飞起，琉璃瓦在金色阳光里变幻着或蓝或绿的光泽。阁前一棵百年老松树，针叶团团盘盘，巨大的树冠向四方伸展，绿荫遮蔽了整整一个园子。

那天，我坐在这棵老松树下，不是假日，没有旁的游人，只有我的狗朵朵，白毛蓬松，伏在我的脚边……时光倏忽二十年。

汉白玉雕筑的古琴台是清代遗迹，四周的栏板上雕琢出精美灵秀的人物故事，台中立碑刻字，详细摘录了历史典籍中的有关记载。

伯牙学琴于成连，三年不成，乃导游东海，留宿蓬莱，以移其情，遂成水仙之操，无疑是古之善琴者也。子期夜间闻击磬者而悲，无疑是古之善音者也。

当这善琴者和善音者在远古那个有月亮的夜晚聚到了汉水之滨，那一刻，真是天地造化成就了精魂灵气的一次撞碰——只此一次撞碰就足以憾动人世间数千年悠长岁月。

伯牙，楚国郢都人，春秋时晋国上大夫，省亲乡里返晋途中，行至江夏汉江口，于舟中调弦抚琴，俄而弦断，知道有人窃听，问之，乃当地樵夫钟子期也。请入舟中共坐，重理琴弦，先奏一曲，子期曰：“巍巍乎若高山兮”。再奏一曲，子期曰：“汤汤乎若流水兮”。伯牙抚掌叹息，遂为知交……后一年，子期病逝，伯牙到其墓前弹琴祭奠，曲终悲泣摔琴折弦，从此终身不复鼓琴。

月亮高高地挂着，山在夜色里隐着，汉水漫漫地注入长江。当叮咚铿锵的琴音从船头飘散而出，数千载后的世人也就知道了《高山流水》这永生不死的乐曲。

园子很静，有风吹过，掀起树上的绿叶，阳光自叶片的缝隙射下，金灰色的光斑在泥地上跳动。园子中央，古琴台静立着，阳光下的玉石块面晶晶莹莹的。我坐在松树下的石凳上，身边一切都很美，安闲，宁静，古老，一隅与世无争的风景。风摇树叶，四下静谧，远山近湖，空空蒙蒙，只是再也听不到琴声了。

丝弦断，梧桐裂，一曲终了成绝响。那是世界上最动听的音乐。

走出如盖的绿荫，一弯白石透空的围栏外是大片粼粼波光的月湖，栏边立着伯牙和子期的石刻塑像，刀法浑厚粗犷，气韵生动传神，叙说着一段悲凉千古的故事。

这段悲凉千古的故事，感兴趣的上至达官天子，下至平民百姓。从兵燹灾变后搜寻到的残存刻石，有清道光、光绪二帝御书，有宋代书画家米芾遗墨——琴台，只是一种象征，将一种抽象的思维渗透到一件具体的物体上，只不过是为了向人们叙说一个故事，一个高山流水、知音难寻的故事；只不过是为了证实这世上之人，无论贵贱古今，对于知交好友的渴求心境大抵都是一样的。

如今，在龟山南北，除琴台之外，还遗留着伯牙和子期的踪迹：汉阳钟家村、汉口琴断口、蔡甸钟子期墓……这一切，都想让你相信远古传说的真实。这是后世人给予他们的爱和尊重。

高山流水叹千古知音难觅，操琴人听琴人，不知是谁最痴？为了一个很普通的朋友，为了一段很简单的感情，其中不涉及名誉、地位、权势、富贵，以及那个年代许多人梦寐以求的所有的私欲，仅仅只是为了一点相同的兴趣、一张七弦琴和那琴上弹拨出的乐曲。

在那样一个乱世，诸侯争霸，群雄并起，天下无一日安宁，长戈如林，血流成河，在那样一个横蛮的战争年代之中却留下了这样一个平和的故事，两个知心合意的朋友，一段单纯真挚与世无争的感情，的确很难得。

那一天，月亮高高地挂着，山在夜色里隐着，汉水静静地注入长江，当琴音叮咚铿锵地从船头飘散而出，数千载后的世人也就知道了这《高山流水》永生不死的乐曲，尽管谁都没有听到过……

今天，太阳高高地照着，龟山青青地耸立，汉水奔涌依旧流向大江大河，在我的眼前，古琴台却静静地，再也没有一丁点儿声响……

曲终人不见。伯牙不在，子期不在，琴不在，音乐不在，唯独留下了一个地址，留下了一个故事，留下了一些虚虚实实的传说，留给后世人一些即不能建功又不能立业的启示、一些若隐若现若即若离婉转回肠的牵挂……说给世俗人听：在这世界上，还有比功名利禄更让人留恋的东西。

2007 年 11 月 8 日，与古琴台一湖相隔的琴台文化艺术中心正式揭幕开园。

因古琴台而得名的琴台文化艺术中心，是武汉市最大的文化主题公园，占地面积为 2. 15 平方公里，总建筑面积为 6 万平方米，依汉水，朝龟山，滨月湖，是规模极其宏大的建筑群，包括月湖北岸的琴台大剧院和琴台音乐厅，月湖南岸的凤凰广场、万人露天剧院、月影舞台，月湖东面的知音岛和唱歌雕塑，东南侧的音乐森林及西南面的莲花湿地……

远望琴台大剧院，如一只白色的巨鸟凌空而降，飞临月湖碧波之上——与檐顶宏阔的上海大剧院、巨大如雀卵的北京大剧院相较，风格迥然不同——白鸟和大湖，也许是在昭示古云梦泽时空的回归。

隔一条宽阔花道的琴台音乐厅，与琴台大剧院在波光潋滟的月湖之畔并列矗立。它是一座大面积弧形屋顶的现代主义建筑，白色的石质框架悬浮在高空，大块面的玻璃幕墙上映天光下映湖水——建筑依托环境，环境衬托建筑——简洁、大气、庄重、典雅，如同神话中的宫殿。

夜幕降临，月亮升起，湖水闪着淡淡的光亮，湖的另一边是古琴台。古代和今天，古时和今日，隔一片阔大的湖水对话，隔一片阔大的空间和时间对话，讲述一个心息相通的主题——一个关于音乐的主题。

其实，古琴台，不仅仅只是为了音乐……

1977 年 8 月 22 日，《高山流水》的曲子被刻录入一张镀金光盘，由美国“航天者”号太空船携带升空，在太空反复播放，向广阔无垠的宇宙传播地球文明的信息。

汉阳琴台公园

晴川阁

晴川阁建于明朝初年，与黄鹤楼仅一江之隔。

往来的游人经常是先游武昌（古名鄂州）黄鹤楼，然后由汉阳门码头乘木船渡江，在龟山脚汉阳城外登岸游玩晴川阁，或者反之。

山之南，水之北，谓“阳”。照说，汉阳应该在汉水之北，但今天却在汉水之南。因为，古时候，汉水从龟山南流入长江，入江口在鹦鹉洲一带。明宪宗成化年间，汉水改道，经郭茨口往龟山北冲出，在南岸嘴注入长江（于是才有了汉口）。不过，汉阳这个名字，从古代到今天，不会有更改。

晴川阁，晚建于黄鹤楼一千多年，历史文化积淀不如黄鹤楼那般厚重，但是自建成之后便得四方游人的倾慕，究其原因，依然是崔颢的诗。

“晴川历历汉阳树，芳草萋萋鹦鹉洲”（《黄鹤楼》）

崔颢，汴州（今开封）人，唐开元年间进士，少时便才思敏捷，《旧唐书·文苑传》将他与王昌龄、高适、孟浩然并提，属于盛唐时期的诗人。关于他的介绍，史录不多，千古之下，因为咏《黄鹤楼》，人们才识得其人和其才气。清人编注《唐诗三百首》时，于七言律诗卷中将《黄鹤楼》列为卷首，可见编者对他的推崇。

至于崔颢是如何来到汉江之滨的？根据唐代文史中零星片段记载，说他曾经离开京城长安，为了一个身份卑微的官职，辗转各地、奔波江湖，前后二十年，其间到过楚地。

唐朝地方行政官重修汉阳城，东临长江，北倚凤凰山，南接鹦鹉洲，西濒汉水。

开元年间，崔颢来到长江之畔的古城鄂州（今武昌），登上黄鹤楼。那天，天朗气清，江天浩渺，白云悠悠，远望汉阳，绿树依稀可辨，草色青青处，大约是“祢衡鹦鹉洲”吧。

暮色降临，天光黯淡，天地间的风物渐渐昏昧，“日暮乡关何处是？烟波江上使人愁。”诗，吟到这里，已经是一唱三叹了。

崔颢的这一首《黄鹤楼》诗中，多是关于汉阳的描述，这也是后来人建晴川阁的理由——因一句诗而起一座楼，可见文人对于社会的影响力度。

汉阳显正街的凤凰巷内生长着一棵古银杏树，人称“汉阳树”。生长期达 500 多年，树高 25 米，树干周长约 4 米，10 个粗大的枝干，投向地面的树影达 334 平方米，巨大的树冠高高地铺洒在蓝天底下，累累森森的粗枝厚叶让汪洋恣肆的绿色在人的头顶上遮天蔽日——并非崔颢当年（隔江）看到的树，但因崔颢当年的诗而得名。

在他的诗里，黄鹤楼是虚的，黄鹤一去，白云千载，给人虚无缥缈的感觉；咏汉阳则是实的，晴川历历，芳草萋萋，让人觉得清晰得如近在咫尺。那一天，他远远望见，一个绿意葱茏、绿荫覆盖的汉阳，生命中的一片绿色，如同他的诗。

当时唐朝开元天宝年间，有一些文人在汉阳久住。

根据诗人罗隐（与崔颢同时）的诗：“汉阳渡口兰为舟，汉阳城下多酒楼。当年不得尽一醉，别梦有时还重游。”（《忆夏口》）——可推想唐代汉阳古城已经很繁华。

常常羁留楚地的李白对汉阳的山川人物更是留恋不已：“汉阳江上柳，望客引东枝，树树花如雪，纷纷乱若丝”（《望汉阳柳色》），“我似鹧鸪鸟，南迁懒北飞。时寻汉阳令，取醉月明归”（《醉题王汉阳厅》）——欲说还休地道出怀才不遇颠沛一生、依恋汉阳山川明月和相好朋友的抑郁心境。

一山耸翠，二水分流，水势托着山势，古城汉阳以它蕴厚的人文风景，吸引了古往今来无数寄情于山水的旅人。

游览晴川阁自然是要等得天气晴好的时候。

一步步走上阁楼，这小小一片清幽之地，没有神座没有祭台也没有香火，只有一座楼；楼畔的绿荫、楼前的流水、楼外的青山蓝天和太阳，只有一座楼。凭依着回廊的栏杆，看大江之上金波涌动舟来舟往，唯有江楼静寂无声，和金瓦泛光的黄鹤楼遥遥地隔了一道阔大的江面默默相望。

阁楼四周的麻石台基光滑如镜，茂密的爬山虎如绿水一般地涌上石基的边缘，再往下就是沙滩，滩上的芦苇又青又嫩，江水轻轻淌来，芦苇轻轻摇摆，很美的一种姿态。翘檐下的黄铜风铃端端地垂挂着不动，点缀一个无风的初夏。

在这个无风的初夏，阳光灿灿地映着，阁楼内外的朱漆彩绘熠熠生辉，大厅正中悬着一幅字——大笔挥洒的“山高水长”，作者为清初人毛会建。据说他为避明末战乱而流落汉阳，喜欢上这一带的江山景物，便在龟山脚下的江边定居，一生致力于兴复晴川阁和禹王庙的工作。归隐山水是那时候的落魄士人的最好出路。一片古建筑群在明末时期毁于兵火，那时候毛会建面对的应该是一片废墟，也许他看中的正是这颓废残败的景色，与他末世遗民的心境一致。

多年后，湖广总督张之洞主持重修晴川阁，朱碧金彩，依然没能逃过战乱兵灾，变成了劫后焦土，留下一个荒园废宅在长江岸边的禹功矶上。

那些年，江边一片荒凉，岸上长满蒿草，沙滩长满芦苇。春天，草叶青了，芦苇青了；秋天，草叶黄了，芦花白了。江流拍打着沙岸，沙鸥在滩头飞来飞去，没有楼也没有阁，只有龟蛇二山峙立得天长地久。

一九八六年九月，晴川阁于黄鹤楼建成后一年落成。

转过檐下的回廊，来到阁楼的背后，只见台基上撑着四根麻石立柱，这是清代仅存的遗物。好一座轰轰烈烈的建筑，剩下了这四根石头柱子，在那上面似乎可以抚摸到岁月沧桑的痕迹，抚摸到刀创与弹孔，血与火，战难与灾祸……乱世无道，人若草木，一切都可以毁弃，谁又顾得上一座阁楼的存亡？在中国的历史上，灾难的年月实在是太多太多。今天，又是一座轰轰烈烈的建筑，静静地立在江边的艳阳之下，今天又是一个安定平静的日子……不知道有没有人会再来抚摸这几根石头立柱，也许在下一个几百年之后了。

阁楼后面的一间小小庭院是禹王庙（今为禹稷行宫），为纪念大禹当年疏江导河的功绩。其功绩成就得太古远，世俗人心便淡忘不记，前来拜谒的人不多。殿前有一间四四方方的小园子，摆着几钵盆栽，其中一钵杜鹃，花瓣紫红，开得鲜妍盛极。

传说大禹东下治水，分开山岭，使水流归大海。龟蛇镇锁，两江交汇。从远古的神话可追溯城市诞生的源流。名闻古今的晴川阁位于汉阳长江边的禹王矶，取唐人崔颢“晴川历历汉阳树”之古意。乌瓦朱柱，鱼龙飞檐，木廊石台，江水在石台下静静流淌，白鸥在阁楼前翩翩飞起。

清光绪十七年的春末（1891 年 4 月 20 日），力倡“洋务运动”而名震中外的湖广总督张之洞，在他的镇守之地汉阳，准备迎接一行自远方而来的贵客，迎宾酒宴摆在隔长江与黄鹤楼遥遥相对的千古名楼晴川阁内。

受到如此盛情款待的客人是年轻的俄皇太子尼古拉，即后来俄罗斯帝

晴川阁立于长江边的岩石之上，与武昌黄鹤楼隔江相对

国末代沙皇尼古拉二世。张之洞如此盛大地款待他，除了为必要外交礼节之外，汉口起源的华俄茶叶贸易是重要原因。

这一天，天气非常好，张之洞的心情也非常好，他即兴赋诗，书赠席间贵客。

“日丽晴川开绮席，花明汉水迓霓旌”。

春花艳阳，旌旗盛筵，江汉之水，水边晴川阁，一派欣欣然的春光景物和一派欣欣然的人物心情，全都被写进这一首诗里去了。

这是中国近代史上，在武汉三镇举办的规格最高的一次国际交往聚会，地点就在汉阳晴川阁。

黄 鹤 楼

黄　鹄　矶

武昌黄鹤楼，之所以被称为“天下绝景”，因为其地理位置“绝无仅有”——“江南三大名楼”的另外两座，江西滕王阁、湖南岳阳楼莫不如此。

位于蛇山头，临于大江畔，黄鹤楼的存在以及它存在的意义，从古至今，无可比拟。

当年，江汉之交（古称长江和汉江交汇之地），江、河、湖纵横恣肆，陆地稀缺，建城不容易。

长江西来，江流千里，空中看，曲折蜿蜒，地面看，气势磅礴，它进入武汉城市圈，从西北向东南绕了一个半圈，分开龟蛇二山，与汉江汇合东去。

江南蛇山，山形狭长，山势如蛇游走，匍匐横贯武昌城（古称夏口、江夏、鄂州、武昌），山脉顶端紧抵长江，山与江垂直，如英文字母“T”，横竖相接处，蛇山截止，千尺危崖临江兀立，山形随水势生威，登高如飞鸟临虚，古人取名为黄鹄矶，也称黄鹤矶或黄鹊矶。

黄鹤楼建在黄鹄矶上。

危崖上建楼阁，楼阁上看风景，看江看城，看天看地，高天大地，四野八荒，古今联想，时空悠游。

1957 年，武汉长江大桥建成，从汉阳龟山跨越大江，落到武昌蛇山，黄鹄矶承托着武昌桥头。

这一年，黄鹄矶上早已经没有黄鹤楼，最后一幢中式古典木结构的黄鹤楼毁于光绪十年（1884 年）。

“古黄鹤楼旧址”几个字不显眼地刻在长江一桥武昌桥头部分的临江大道靠山壁的那根钢筋水泥桥墩壁上。

1985 年，新建的黄鹤楼重临长江之畔，坐落蛇山山顶，距离黄鹤楼旧址约 1000 米，楼高五层，中式风格，西式结构，特别是在被灯光勾勒的夜晚，更显得金碧辉煌，朱彩灿烂。

黄鹤楼

三国演义夏口城

元代有一出戏《黄鹤楼》，说的是周瑜在夏口（今湖北武汉市武昌区）城楼设宴，企图诱杀刘备而不成的故事，后来被改编成湖北地方戏楚剧和汉剧《刘备醉走黄鹤楼》。其实这出戏与史实不合：公元 223 年，刘备病逝于永安（今四川奉节）后，孙权建夏口城，彼时周瑜去世已经十三年了。

戏曲故事，民间传说，真真假假不重要，图个乐而已。

黄鹤楼的来历，人们都知道和三国历史相关，“相关”到什么程度？一般人懒得往深处想。

东汉末年，曹操、刘备、孙权在长江中游域争斗激烈，赤壁之战后，孙刘联盟逼进军到长江边的曹军退回汉江上游，主战场随之转移。踞守荆州五郡（今湖北湖南部分地区）同时出兵攻占襄阳威胁樊城的关羽成为权力三方争霸天下的矛盾焦点。

公元 219 年（建安二十四年），曹操和孙权联手，魏军大将徐晃攻夺襄阳，吴军主将吕蒙攻克荆州，关羽败走麦城，遭遇吴军潘璋部将马忠的埋伏，被俘后身死。

公元 220 年，曹操病逝洛阳，曹丕称帝，魏国立，大汉王朝结束。

公元 221 年，称帝蜀汉的刘备不顾丞相诸葛亮的极力劝阻，重兵战船出三峡，沿江而下攻打东吴为关羽报仇（史学家认为其实为意图夺回荆州）。吴军统帅陆逊迎战，“火烧连营七百里”，于夷陵（今属宜昌）大败蜀军，稳固了东吴在长江中游的地盘。

公元 222 年，魏文帝曹丕率大军南征，兵分三路直奔长江，围攻江陵（今荆州）六个月，东吴将领朱然固城坚守，魏军久攻不破，只得撤军回许昌。

公元 223 年，刘备病逝于永安，诸葛亮派外交重臣邓芝出蜀国至武昌（今鄂州），说服吴国与蜀国联军征伐魏国。同年，吴主孙权下令在汉江和长江交汇处的长江南岸建城，防备曹魏军队再次从中原长驱直入进犯东吴。

新城建在蛇山（古江夏山）山脊，隔江遥对汉江入江口——当年汉江名“夏水”，所以新城亦取名为夏口。

随山形地势，城墙围绕一圈，西南角楼（古代城墙转角处城楼）位于离江畔最近的黄鹄矶，站高看远，茫茫荆楚地，滚滚东逝水，天地之间尽收眼底。

夏口城墙的西南角处最早搭建了一个简陋透空的木架高台，之后随城池加固而改建为建构完备的角楼——这就是后来名扬天下的黄鹤楼。

荆州之战、襄樊之战、夷陵之战、江陵之战，关羽死、张飞死、刘备死，魏、蜀、吴三国将帅兵卒死，长江和汉江血染满江红……四次惨烈大战换来东吴建城夏口，黄鹤楼横空出世（当年没有名字），继续《三国演义》剩下的故事。

三国中，东吴存在时间最长，前后五十九年，版图包括今湖北、湖南、江西、安徽、江苏、浙江、广西、福建，以及越南北部……

比较其他因为战争需要而临时建筑的驻军营垒，夏口城无疑是很幸运的——历史上兵家必争之地往往也是商贸繁荣之地——军队驻扎城内，百姓聚集城外，人口众多，粮草给养、日常用度，引来大批商船来往交易，黄鹄矶下的长江边，码头建起来了，集市搭起来了，民房盖起来了，城墙基下天长日久被踩成一条长街，没有战事的日子里，军人和平民，城墙上下，城墙内外，秋月春风，一杯浊酒。

公元 279 年，晋武帝司马炎命令晋军八部分兵六路大举进攻吴国建业（今南京）、棠邑（今六合）、当涂（今当涂）、武昌（今鄂州）、夏口（今武昌）、江陵（今荆州）……天下归晋。

李白诗歌唐朝

唐玄宗开元十四年（公元 726 年），李白二十六岁，离开蜀中来到楚地后（今湖北湖南），娶前朝（唐高宗）宰相许圉师的孙女为妻，之后的十年间他以安陆为中心四方游历，多次往来江夏（今武昌），有一天在黄鹤楼上读到崔颢的《黄鹤楼》。

昔人已乘黄鹤去，此地空余黄鹤楼。
黄鹤一去不复返，白云千载空悠悠。
晴川历历汉阳树，芳草萋萋鹦鹉洲。
日暮乡关何处是，烟波江上使人愁。

传说当时李白留下这样一句话：“眼前有景道不得，崔颢题诗在上头”，“遂无诗而去”。

传说不可信——从年轻到老年，李白来江夏，多次登黄鹤楼并多次题诗。

传说可信——李白对崔颢的诗的确很喜欢，喜欢到非照着写一首不可，于是有了下面的诗：

凤凰台上凤凰游，凤去台空江自流。
吴宫花草埋幽径，晋代衣冠成古丘。
三山半落青天外，二水中分白鹭洲。
总为浮云能蔽日，长安不见使人愁。
——《登金陵凤凰台》

从动词、名词组合到声腔、韵律运用，以李白一向“恃才傲物”的性情来说，对旁人的诗赏识到这个地步，真的是“爱之深切”了。

李白的《登金陵凤凰台》学崔颢的《黄鹤楼》，无论有意还是无意。

从唐太宗的“贞观之治”，到唐玄宗的“开元盛世”，经济繁荣，疆域辽阔，亚洲文明的中心，四方国土来朝，包罗万象的唐文化至此抵达顶峰，诗歌文化和游冶文化随时代的兴盛而兴盛。这是一个思维自由、创造力丰富的时代。

黄鹤楼，以它得天独厚的人文地理优势，成为文人游走天下的必经之地，骚人墨客纷纷来此游山观水，登楼赋诗。

公元730年（开元十八年），孟浩然从故乡襄阳顺汉江下经江夏（今武昌）去广陵（今扬州），当天泊船黄鹄矶下，登黄鹤楼和当时闲居汉阳的李白见面，然后分别。

“吾爱孟夫子，风流天下闻”（李白《赠孟浩然》）。李白来楚地不久，就在襄阳和孟浩然认识，一直是非常要好的朋友，十年后再聚，再聚再分离。

故人西辞黄鹤楼，
烟花三月下扬州。
孤帆远影碧空尽，
唯见长江天际流。

——《黄鹤楼送孟浩然之广陵》

这是李白题黄鹤楼的诗中最通俗易懂的一首，如时下的流行歌曲，亿万人传唱，你以为懂了，其实并不是很懂。

天宝元年（公元742年），李白奉诏去长安出入宫廷伴随唐玄宗和杨贵妃认识一群诗人朋友诗酒唱和。

公元755年（天宝十四年），安史之乱爆发，当时在江陵（今荆州）的李白受邀跑去永王李璘麾下任幕僚。公元758年（唐肃宗乾元元年），李白因李璘案牵连而被流放夜郎（今贵州），途中经过江夏时羁留将近四五个月，与汉阳王县令等地方官结为朋友，于江北汉阳城郊游湖饮酒，江南江夏（今武昌）城头登山听笛，日夜欢娱，日夜笙歌。

一为迁客去长沙，
西望长安不见家。

黄鹤楼中吹玉笛，

江城五月落梅花。

——《与史郎中钦听黄鹤楼上吹笛》

这一次李白登黄鹤楼听《梅花落》，离上一次李白登黄鹤楼送孟浩然，时间相距二十八年。

二十八年，转了一圈回到这里，人老了，旧日的朋友死了，山川依旧，物是人非，此次此刻，不知道李白心里在想什么。

二十八年间，唐朝的太平日子、灾难日子，经历了太多，黄鹤楼依然立在原处。

后人评价：此前黄鹤楼名气不大，自唐崔颢、李白之后名扬天下。

永泰元年（公元 765 年），黄鹤楼已经成为长江中游地区不可取代的名胜古迹、游览景点（见唐代阎伯理《黄鹤楼记》）。这一年，距李白去世已经三年。

“永泰”，唐代宗的年号。

唐代宗李豫，为唐肃宗长子，“安史之乱”中协助父亲平叛立功，以兵马大元帅身份收复长安、洛阳，后被立为皇太子，公元 762 年继位，平定内乱，改革税制，发展生产，“养民为先”，开启唐朝中兴时代。

唐中期，黄鹤楼建设和江夏城建设比肩而行。

诗人和政治家，名留史册，各有各的功绩。

岳飞的《满江红》和陆游的《入蜀记》

曾经以为，南宋是一个凄哀的朝代，所有的一切都如深秋的草木，枯萎凋落，即将剩下支离破碎的枝条……

后来知道武昌兴盛于南宋，确实很诧异。

南宋王朝享国 152 年，以长江为天堑与金国南北对峙，守住半爿江山

黄鹤楼公园的世纪钟建于2000年

并坚持这么多年还是不容易的，“靖康之乱”后，宋军和金军在中原地区和长江沿线先后发生十几次惨烈战役，宋军阻击金军渡江，保住了长江南岸，农村继续耕种，城市继续建设，临安（今杭州）朝廷笙箫歌舞。

这样担惊受怕日夜心悬的情况下，长江流域居然成就了三个城市：扬州、镇江、鄂州（今武昌）——原因很简单，黄河流域的华夏文明，其根基才华智慧金钱技艺思想文化全部转移到了长淮之地的长江南岸。乱世求太平。生产生活、贸易娱乐、文化教育，士农工商，该干什么干什么，哭是没有用的。

宋代，鄂州的繁华胜前朝，城墙扩大到蛇山山脚下，长江边的黄鹤楼下的临江街市、蛇山下城墙（当时城墙圈非明清城墙圈）外的南湖中央花街夜市（南草市）——“商女不知亡国恨”，说也是白说。

宋代黄鹤楼图，一幅水墨，一幅青绿，作者和年代均不可考。

水墨《黄鹤楼卷》因年代久远，墨迹模糊，其中有如薄云缥缈中的仙山琼阁，重檐歇山顶，楼阁巍峨高耸。另一幅则高楼雄伟，十字脊歇山顶，雕栏围绕画廊凉亭。

据推测，北宋时黄鹤楼不仅存在，而且建筑壮观，南宋时黄鹤楼在还是不在就令人担忧了，因为上述两幅画图并没有注明年代。

岳飞《满江红·登黄鹤楼有感》直接给出答案。

公元 1134 年至公元 1141 年，主战派名将岳飞在鄂州（今武昌）屯兵驻守七年，以鄂州为基地三次北伐中原，今江汉平原（荆楚地区）和黄河中游平原（中原地区）曾经是岳家军和金军作战的主战场。

遥望中原，荒烟外，许多城郭。
想当年，花遮柳护，凤楼龙阁。
万岁山前珠翠绕，篷壶殿里笙歌作。
到而今，铁骑满郊畿，风尘恶。
兵安在？膏锋锷。
民安在？填沟壑。
叹江山如故，千村寥落。
何日请缨提锐旅，一鞭直渡清河洛！
却归来，再续汉阳游，骑黄鹤。

——《满江红·登黄鹤楼有感》

岳飞在鄂州期间，即宋高宗（赵构）绍兴四年至绍兴十一年之间（公元 1134 至 1141 年），黄鹤楼尚在。

公元 1140 年，岳飞和儿子岳云率领军队从鄂州渡江进击中原，在郾城（今属漯河）、颍昌（今属许昌）与金军激战，后于进军朱仙镇途中被朝廷召回临安，军队返回鄂州城。

这是岳飞一生中最后一次领军北伐。

“何日请缨提锐旅，一鞭直渡清河洛！却归来，再续汉阳游，骑黄鹤”。

可是，归不来了。

公元 1142 年，岳飞被处死于临安（今杭州），宋宁宗时他被追封为鄂王，纪念他最后几年驻兵鄂州。

今黄鹤楼公园内，蛇山山脊处建有岳飞亭，立着 8 米高的青铜岳飞塑像，25 米长的青石浮雕上刻岳飞手迹“还我山河”。

乾道五年（公元 1169 年）十二月，陆游受任夔州（今重庆奉节）通判，携家人从山阴（今绍兴）乘船逆长江而上，第二年经过鄂州、汉阳。

陆游在《入蜀记》中详细描述过鄂州城。江边：“由江滨堤上还船，居民市肆，数里不绝。其间复有巷陌，往来憧憧如织，盖四方商贾所集”；江面：“贾船客舫，不可胜计，衔尾者数里”；城墙内外：“市邑雄富，列肆繁错。城外南市亦数里，虽钱塘（今杭州）、建康（今南京）不能过，隐然一大都会也”。

宋代鄂州城以黄鹄山（今蛇山）山脚为限，军事行政机关设在山北和山脊，南城门外（今阅马场以南）有南草市（当时的商贸集市），南草市从长江边码头兴起，向东南方发展，在南湖中间筑堤成街，商埠罗列，居民聚集。

陆游途经鄂州这一年与岳飞驻军鄂州最后一年，其间相隔约三十年，三十年前黄鹤楼在，三十年后黄鹤楼不在。

“今楼已废，故址亦不复存”（《入蜀记》）——不仅楼毁了，连遗址也毁了。

乾道六年（公元 1170 年），陆游来鄂州游黄鹄山寻访黄鹤楼；同年，鄂州城百姓在黄鹄山尾东城门外（今武昌大东门）建忠烈庙祭祀岳飞。两件事看来毫无联系，其实冥冥中相互关联。

陆游一生倡议北伐，但毕生未了其愿，“铁马冰河入梦来”“家祭无忘告乃翁”——悲剧的时代，悲剧的命运，英雄死，壮士老，黄鹤楼毁，历史翻过旧的一页。

黄鹤楼公园位于蛇山山脊

锦衣卫画师安正文

公元1371年（洪武四年），江夏侯周德兴扩建湖广会城，扩大武昌城垣，蛇山南北平地如宋代南草市等一律被圈进城墙内，除了大兴土木在蛇山上和蛇山北建造官衙府邸，同时还在黄鹄矶上重建黄鹤楼。

公元1381年（洪武十四年），楚王朱桢分封武昌，于蛇山南坡建造楚王府，历时九年完工，宫室巍峨，上与浮云齐，占据半个武昌城，同期修复宝通寺并设为皇家寺院。

公元1402年（建文四年），燕王朱棣废建文帝登帝位，永乐十九年（公元1421年）迁都北京。

永乐帝（明成祖朱棣）笃信道教到痴迷，永乐九年（公元1411年）征三十万劳力在武当山建宫殿式道教建筑，供奉北方玄武真武大帝，工程浩大，建筑华丽，历时十四年完工。

上行下效，一时间中国各地大兴道教，大建道观。永乐十二年（1414年），于武昌东城门外（今武昌大东门）扩建长春观成今天的规模。楚王朱桢也以实际行动向皇帝兄长致意。

楚王朱桢，明太祖朱元璋第六子，驻藩武昌，子孙九代王位世袭，前后历时 273 年。

燕王朱棣，明太祖朱元璋第四子，夺帝位后对几个兄弟采取“怀柔”政策。众藩王各据一方，小心翼翼，看永乐帝的眼色。

唐代兴佛教，明代兴道教，都是皇帝起的头。

明代画师安正文绘《黄鹤楼图》：黄鹄矶上，青砖垒砌的高大台基托住黄鹤楼建筑群，主楼重檐歇山顶加两个小歇山顶，屋脊正中饰有宝瓶，檐下斗拱密集，雕花繁复。楼内有雕花木围栏，楼外有雕花石围栏，台基下的石阶斜斜地沿山坡而下，穿过雕花石坊，山脚下是一棵枝干虬然的古松，路上有三三五五或步行或骑马的游人，楼阁上的人推开隔扇窗，卷起竹帘，撑开布篷，薄雪覆盖了琉璃瓦的颜色……

台基上一群人拱手向天拜揖，画面右上方烟云缥缈处隐隐约约可见一只鹤载一个人不知是飞去还是飞来？

道教文化色彩含蓄婉转地显露在这一幅画里。

当时，官宦、士子、商人来黄鹤楼，除宴饮游乐外，往往聚一起谈仙论道——费文伟吹笛驾黄鹤翩然而去，道教传说与黄鹤楼千百年来联系紧密。

据史籍记载，明代黄鹤楼建筑群华丽恢宏，史无前例。

画作者安正文，除了“锦衣卫千户”寥寥数字外，别无记载。

锦衣卫，明太祖朱元璋设立于洪武十五年（1382 年），起初是直属皇帝管理的亲兵侍卫队，后来职责范围扩大，作为秘密特工独立执法，奉皇帝命令监控群臣，是一人之下、万人之上的朝廷私家军队。明洪武二十六年（公元 1393 年）废除。明成祖朱棣在位时重设并发展壮大。

明永乐年间，朝廷征天下画艺高绝的人入宫，在文渊阁和武英殿遵皇帝旨意绘画。明朝是宫廷画师最兴盛的朝代。

永乐十五年（公元 1417 年），明成祖指示画师兼军职，入职锦衣卫，如锦衣卫百户或锦衣卫千户画师不等，绘画为本行，军职为虚衔，待遇优厚，以示皇上对画师的“恩宠”。

画师兼军职由永乐帝开始，但锦衣卫千户安正文并不一定是永乐年间人。

明成祖后，宫廷画师兼职锦衣卫制度沿袭，宣德、成化、弘治年间，宫廷绘画抵达顶峰，直到明中期后江浙文人画兴起，民间绘画大家诞生，宫廷画派才日趋没落。

2006 年版《中国古代绘画中的建筑与环境》（王其钧著）中《明代绘画中的楼阁建筑》一章，以安正文为明代建筑绘画代表，收入其《黄鹤楼图》和《岳阳楼图》。

安正文所绘《黄鹤楼图》，想象和现实重叠，其中可能有依实景描摹的部分，也许武昌的楚王请他来楚王宫作画，也许京城皇帝派他来武昌作画，总之，画留下来了，画的意义就不仅仅只是画了。

江汉揽胜图

江汉揽胜图（作者：佚名）

古时武昌城，沿市区周边筑一圈高而厚的城墙，东南西北，四方八面，九个城门，固若金汤，城内是官衙、学府、商埠、民居，城外是田地、田原、山岭、湖泊……

武昌长街（今解放路）沿长江岸延伸，四方生意，八方来客，三江五湖的船停泊江边码头；沿街店铺，门朝长江，背靠城墙，黄鹄矶在城墙内，黄鹤楼在山崖上。

长江北岸的汉阳古城，建城历史早于夏口，是长江中游的商业重镇，也是汉江入长江口，自古以来为军事商贸要冲，平常时日舟车行旅贸易繁忙。

明嘉靖二十六年（公元1547年），汉阳知府范之箴主持修缮禹稷行宫（禹王庙）。东北侧长江边建晴川阁，楼阁正面与对岸黄鹤楼遥遥相对，因崔颢《黄鹤楼》诗中“晴川历历汉阳树”立意得名。

明成化年间（公元1465—1487年），汉水改道，由龟山北注入长江，天长日久，沙泥淤积，才有了汉口。

汉口，隔汉江与汉阳相对，隔长江与武昌相对，扼长江、汉水两大水道的咽喉，东西南北交汇要冲，舟车商旅经行往复。明中叶时，汉口与河南朱仙镇、广东佛山镇、江西景德镇，并称中国“四大名镇”。

《江汉揽胜图》，将武汉三镇尽收眼底。

长江和汉江交汇，图左为武昌古城，图右为汉阳古城，那年，鹦鹉洲还在长江中央，画作者站在汉江入江口的汉口龙王庙高台上。

武昌论风景名胜，有黄鹤楼；汉阳论风景名胜，有晴川阁；当年汉口年轻，没有名胜古迹。

武昌西城门正对汉阳，取名为汉阳门，黄鹄矶位于汉阳门西南，画中的黄鹤楼远远望去和清同治时的建筑式样没有区别。

同治七年（公元1868年），湖广总督官文和湖北巡抚郭柏荫主持重建黄鹤楼。

湖广总督官文，满洲正白旗人，武官出身，军功显赫，和平时期在武汉做了两件在历史上值得书写的事：1861年和英国人协议“汉口开埠”，1868年主持重修战乱中被毁的黄鹤楼。

光绪十年（公元1884年），同治年重建的黄鹤楼被毁。

《江汉揽胜图》，意在气势，不在意技法，属山川地理图，不属山水风景图，看得出画家对图中山石草木没有兴趣，对江河流向城市建筑方位比较着意，技法虚实结合，例如想象自己站在龙王庙前长江边的高处观赏两江交汇百舸争流的风景，为后人留下明末时期武汉三镇的历史痕迹，例如可能当时已经灰飞烟灭了的黄鹤楼。

但是，它和明代画家仇英扯不上关系。

仇英，明弘治年间至明嘉靖年间人，年少时开始绘画，一生画作流传下来的很多，工水墨山水和青绿山水，其中山水建筑图多半云烟缭绕山石劲峭，屋舍或精细、或随意，远近处的林木几乎每一片叶子都是有生命的……

五百年前的中国画，古风沉郁悠远，几乎与世隔绝，后世人模仿不来。

今天的黄鹤楼公园，沿袭唐以来园林建造传统，主楼恢宏金碧，亭阁台榭、山石花木池塘顺蛇山山脊绵延数公里……建造规模超过历史上任何时期。

古今相比较，遗憾是肯定的——地理位置变了，古人诗词里的黄鹤楼风景多纬度、多视角的效果绝对不会再有；时代空间变了，古人绘画中的黄鹤楼木柱木梁木架构纯中国古典风格绝对不会再有——每逢节假日游人堆山填海的今天，古风悠然的黄鹤楼意境存在心里最好。

天下第一汉正街

武汉三镇，以汉口的历史最短，但后来居上，成为中国近现代史上数一数二的商贸大都会，其中被称为“天下第一街”的汉正街，从古至今名扬天下。

明宪宗成化年间（1465—1487 年），汉水改道，由龟山北注入长江，将原在山北的汉阳，从此隔到了山的南面，新冲出的这一个入江口，在汉阳这边，名叫“南岸嘴”，人称武汉市最美的地理景观。

大自然的力量可以移山填海，当年，汉江改道，也许只需几个时辰，于是，大江大河重新相衔接，天长日久，沙泥淤积，形成洲岸，于是便有了汉口。

明代初期，在长江的北岸，耸起了一座新城——汉口。它诞生后，与中华古国同样经历了将来的新生与发展——武汉三镇不能没有汉口，武汉三镇不可能没有汉口。

汉口，隔汉水与汉阳相对，隔长江与武昌相对，扼长江、汉水两大水道的咽喉，东西南北交汇要冲，舟车商旅经行往复，此后逐渐兴盛。明中叶时，它与河南朱仙镇、广东佛山镇、江西景德镇，并称中国“四大名镇”。

清康熙年间，汉水北岸因设立巡检司而成为正街，即汉正街，又称“官街”，汉口汉正街从此始。

从清末汉阳县志图上看：当时的汉口城区，位于长江和汉水交汇地，也就是汉正街方圆的一片街区，在地图上呈东边阔西边窄的长三角形，武汉人说像一把躺着的“扫帚”，是冲积河滩上填起来的一片街市。汉正街平平直直，横贯于街市的中心，东起长江之滨的集家嘴，西止汉水之滨的硚口，全长约 5 公里，全铺青石路面，是当时中国最长最热闹的一条商业街。

正是这一条长街，如同一根生命力旺盛的藤，朝四方伸展它的枝蔓——总计街有三十二条，巷有六十四条，东南西北、横直交错如迷宫，不熟悉的人初来这里很容易迷失方向。

往南，数十条街巷伸向汉水边的河街和码头；往东，街巷延伸到长江边的河街和龙王庙；往北，街巷一直通向当年还是河湖港汊密布的后湖（今汉口中山大道以北城区），从那里可以去汉口北城门。

最为繁华的街巷在汉正街以南，因为由汉水北上到陕西的货运业特别发达。有这种说法：汉正街是当年的陕西商人发兴起来的。不过，从历史记载及史迹的保存上来看，山西商人及江苏商人对汉正街的兴隆也起着非常大的作用。有一点是肯定的，当年来汉正街的经商者，“异乡人不比本地人少”，用今天的话来讲，算是一个“移民城市”。

清人刘献廷说：“天下有四聚”（指商贸聚集地），即北有京师，东有苏州，南有佛山，西有汉口；又说：东部沿海地区，除苏州外，另有芜湖、扬州、杭州、江宁，可以为商路分流；而在西部（中华内陆），作为一个商贸集散地的城镇，“唯有汉口”。

汉口汉正街兴盛之日，也是汉江对岸的汉阳古城的老街萧条之时。原因与水路行船有关。同在长江北岸，依长江流向，汉口在汉阳之下，船行长江，若想在两江交汇处停泊，无论是从上游来，还是从下游来，泊汉口比泊汉阳更能让船工省力。乘船从武昌渡江到对岸，需要躲过汉江灌入长江的那一条汹涌的水流，尽管有艄公撑渡，但依然会顺水而下漂到汉口。这样一来，人们自然知道，在汉口经营商埠比汉阳更为方便，于是人人争相入住汉口，即使当时它从沼泽之上浮出来没多久。一百年，时光流得飞快，荒滩上建新城，才有了汉正街。

汉正街（清末汉正街街市图，荷兰古董商收藏的铜版画，作于 1880 年）

清嘉庆时，汉口户籍约 3.7 万，人口约 13 万。

当年的老街，纵横交错的街巷，一律以青石板铺地，街巷两边，青砖黑瓦、雕花门楼的店铺、会馆、宅邸比邻而建，商贾云集，世相繁华。

街不算太阔，两边店铺的门户向街心大开，店堂开阔，门陈珠玑，户列绮罗，店堂背后向里走，经过天井是住宅、作坊，再朝后走，就会走到街背后的另一条小巷或另一条小街上去。房舍与房舍之间，街巷与街巷之间，前后左右串通勾连，为的是寸土寸金的地皮能物尽其用。

走出街巷到河街，堤外的河面上泊满大小木船，帆布高张、桅樯林立，沿着石头砌的码头，搭着长长的木跳板，人挑肩扛的货物上上下下，这样的图景，直到 20 世纪六十年代在永宁巷沿河一带还可看到。

清人诗“十里帆樯依市立，万家灯火彻宵明”说尽汉正街当年的繁盛景象。

中国的城市、集镇和乡村，南北西东，汉口永远是一个“中心点”，收购、囤积、运输，三个环节，缺一不可。汉口具备满足这“三个环节”的全部需求。海内商家以它为商贸经销旅途上的“大本营”，包括茶叶、烟叶、布匹、药材、丝绸、瓷器、竹木和桐油……人称“八大行”。

江苏淮盐，水路集于汉口，再由长江入洞庭湖，南下湖广、贵州；或由汉水北上，樊城起坡，运往陕北、甘肃和陇西。其他商品交易也是如此，如茶叶。汉口茶市享有盛名，史载清初汉正街市盛况：“街市每年值茶时，甚属盛望。届时则各地茶商云屯雾集，茶栈客栈俱属充满，坐轿坐车络绎道路，比之平日极为热闹……”

当年汉口，茶馆之多可能位居中国之首。汉正街纵横穿通的街巷，长江、汉水沿河的码头，上下两层的木楼，楼下大开的店门，楼上连排的隔扇窗，大铜壶、方桌、白瓷茶盏，说书的卖唱的卖药的，茶香溢到街上去了。

店铺开得好，东西卖得好，时间久了，就成“老字号”。“老字号”的店铺和“老字号”的商品，品牌创立的时间不止十年八年。例如，中国四大中药店之一的“叶开泰”，明崇祯年开店；油纸伞获 1928 年中国国货展览会一等奖的苏恒泰制伞店，同治年开店。谦祥益绸布店、汪玉霞糕饼店、蓝田宝玉器店、曹祥泰杂货店、李永兴药材店等几乎都是如此。久远的历史、优秀的商品、良好的信誉，加在一起才是“老字号”的立足之本。

外地商人来汉口，先是租房而居，时间久了，生意做好了，人也不想离开了，就在汉正街建房而居，于是就有了淮盐巷雕花过街楼，也有了被汉口人称为“西关帝庙”的汉口山陕会馆。

如今，以汉正街为中轴线，及沿河大片城区重设内陆商贸驿站，二十世纪末形成汉正街小商品市场。纵横贯通的古街巷，家家临街的铺面，四海的生意，八方的来客，车水马龙，喧哗熙攘，恍如时光倒流四百年，重返商贸兴隆冠中华的明清时期。

汉正街附近，汉水入江口，此处是自古以来的险堤江段，堤内曾有老汉口龙王庙，与上海城隍庙、南京夫子庙齐名，合称为长江中下游三大古庙。1931 年，大水将龙王庙冲毁成一片废墟。2005 年，武汉市恢复重建龙王庙，如今已竣工并开放。

新建的龙王庙，朱柱碧瓦，琉金焕彩，基座高垒，殿阁升腾，登临之上，可观赏两江江水在此风云际会的壮阔景色。

汉口龙王庙公园（龙王庙所在为汉口城市之源）

沧桑繁华大汉口

商业重镇

站在市区某一超高层建筑的高处，俯视地面上的街道和房屋，红色的和灰色的瓦顶，波浪一般在下方起伏，那里藏着老屋和老街，藏着老汉口的过去，陈旧的光影掩在开阔如海洋的城市建筑群里，只有深入进去，才能一点一点地发现。

英国现代作家毛姆的小说《面纱》，2006 年由好莱坞改编成电影全球上映，片中提及 20 世纪初期我国海外通商的大都市，第一是上海，第二是汉口。

晚清以及民国，中国境内外将武汉三镇统称为“汉口”，有意或无意忽略武昌和汉阳两城——从长江下游来，称“到汉口”；从长江上游来，称“下汉口”；从周边县乡来，称“去汉口”——汉口，当年人们的梦，梦中的繁华，化作历史的真实，平湖大泽之间浮起一座新城，一百五十年的沧海桑田，这就是汉口。

明末清初，汉口成为长江中下游商业重镇，因为有长江、汉水两大水系的船舶运输，商贸集市，加上随商贸集市兴盛而汇聚的城镇民居大多集结在两江交汇之地，沿汉水之滨形成城镇初期的雏形——今天汉口的中心，沿江大道、中山大道周边的城区，当时根本还不存在。

武昌、汉阳、汉口三镇，地属湖北省江汉平原，古云梦泽遗址，湖泊沼泽遍布，其中长江北岸的汉口地势最低，当年（19 世纪初期）的汉口，在汉水入长江口建城，即汉正街方圆街区，城区范围非常小——西临汉水，北止于后湖（今中山大道上段长堤街一带），南临长江，东止于两江交汇地的龙王庙。

18 世纪末 19 世纪初，商贸繁荣带来城市人口急剧增长，自龙王庙以下（指长江水流流向）的沿江地段，渐次有人居住，木屋板屋的街衢巷陌一直延伸到今天的花楼街。

因水而生，也可能因水而覆，当年的长江大水，是汉口城区建设最大的阻碍。

从西陵峡口冲出的长江，在平原上流淌得放肆恣意，汉水入江口一带，两水撞击，水流激荡，到每年夏天涨水季节更是来势凶猛，浑黄色的江水扑向江岸，掀天裂地，清廷官府修筑的堤防溃若败絮散沙。那时候，人们居屋不敢离长江太近，洪水若猛兽，尤其是当人们还不能驾驭它的时候。那时候，汉口长江江边还是一片荒滩，滩上长几枝芦苇，江边飞几只鸥鸟，水退了一片白沙，水来时一片汪洋，根本就没有人想过在这样的地方去开辟一块新的城区。

汉口开埠

1861 年，汉口开埠，清政府沿长江江边割地为英、俄、德、法、日五国“永久性”租借使用。1865 年，英方耗银二十万两在英属租界的汉口长江边修筑大堤，沿着堤的内侧修路，称为河街（今沿江大道），又顺着河街建房屋，形成一片与中国古典城镇建筑迥然不同的新城区。

乌瓦木梁的中国传统式建筑，在这里被瓦砖墙的西式建筑取代了，自

1925 年的江汉关新大楼

此，武汉城市建筑与世界城市建筑接轨。城市建筑模式的更替，标志城市建设模式的更替。“汉口开埠”，是武汉城市建设现代化的开始。

五国租界建在长江之滨，为通商和出入境的便利，看中的就是长江这一条黄金水道。经太平洋、大西洋、印度洋，巨轮越洋从吴淞口直达汉口，渡长江如履平地。

租界划定，西方冒险家纷至沓来，购地经营，金钱和勤奋加现代科技垒出一座崭新的汉口。20 世纪初，汉口有洋行约 250 家。江边建立的货运码头，仅英租界就有 8 个，后继各国租界顺江而下一直建到丹水池。

坚固的堤防阻挡了长江千万年的洪水，江边停满外洋轮船、中国轮船和木舟，千万吨货物在码头上日夜装卸。当年，只要登上长江江面任何一艘外国邮轮，就等于走出中国国境，由汉口港起始的海上航线可以直达日本横滨、法国马塞、荷兰鹿特丹、德国汉堡、埃及塞得港、比利时安特卫普、意大利热诺瓦……可以“纵横四海”。

1861 年至 1911 年，包括英、美、俄、日、德、法在内，共有十四个

汉口开埠，长江边开始建设（图为英租界时期的长江江滩）

国家在汉口设领事馆（包括总领事馆）。20 世纪初，1905 年至 1927 年民国时期，二十个国家在汉口设领事馆（包括总领事馆）。

“十里风飘八国旗”，当年仅胜利街（旧时此街，街分五段，各有命名）一条街就设有八个国家领事馆。

金融机构、商业机构、领事馆驻地、海关大楼、船舶公司、俱乐部、商厦、公寓……风格各异的欧式建筑临江而立。

汉口深居内陆，开放商埠较东南沿海城市晚二十年，得天独厚的地理位置和富庶的经济资源，使居于大陆腹心的这座口岸通商城市很快被卷入世界经济贸易的大潮，其后数年，迅猛的发展势头直逼上海，被称为中国内陆外贸勃兴的一个奇迹。

1910 年，汉口的对外贸易总额银为 1.7 亿海关两，外贸总量居全国第二，仅次于上海，人称汉口的“万国交通时代”。

1906 年，京汉铁路全线通车，终端在汉口大智门火车站。京汉铁路是贯通中国南北交通的一条大动脉。原先，从汉口到北京，走陆路驿站，马车紧赶慢赶，最快也得二十八天，有了铁路之后，乘火车花费的时间为三天，快车只需三十六个小时，与之前相比，一路上简直风驰电掣。

长江航线和京汉铁路，水路和陆路在汉口交汇，九省通衢的内陆城市此时更是如虎添翼，北面直达京都，东面直通外洋。五方杂处、华洋混居，政事通达，财源通达，人气通达，人心通达。

北岸汉口，南岸武昌，百年新城，千年古城，隔着一片阔大的江面遥相对峙，时空在此交接转换，古往今来的一出大戏，华服锦袍，琴瑟箫鼓，灯光明灭，大幕落下又掀起，古代中国悄然隐去，现代中国翩然前来。

汉口沿江大道上的英租界旧址（图左为汇丰银行和花旗银行）

汉口海关

上海海关名叫江海关，位于上海外滩；汉口海关名叫江汉关，位于汉口江滩。

汉口海关——江汉关，位于汉口沿江大道 86 号，1946 年改名为江汉关，2012 年，武汉海关大楼改建为江汉关历史博物馆。

1907 年，担任中国总税务司的英国人赫德，督促清政府修造汉口第二代海关办公大楼，亲自推荐上海斯蒂华达生·斯贝司公司的建筑师辛浦生（Stewardson 即斯蒂华达生）担任工程设计，模仿伦敦国会大厦样式。

1922 年 11 月，江汉关大楼举行奠基典礼，由当时的中国海关总税务师、曾经的汉口海关税务司安格联（英国人）主持，参加者有江汉税务司司长梅乐和（英国人）、湖北省督军萧耀南、美国军政部长菲力普，以及各驻汉领事馆领事、洋行代表及华商代表等。

至今，江汉关正门一侧还保留着刻有安格联爵士致辞的奠基石。

1924 年，江汉关大楼竣工，比上海海关（指新大楼）建成时间早三年。

它由汉口英商景明洋行监理，魏清记营造厂承建的，钢筋混凝土结构，占地为 1499 平方米，建筑面积为 4009 平方米，总高约 40 米，主楼四层，钟楼四层，共八层。

整体为希腊式古典复兴风格，底座内部为钢筋水泥，外部为湖南花岗石。东、西、北三方有花岗石柱廊，高大的罗马柱，“科林斯”柱头，面对江汉路的八根立柱，每根直径约 1.5 米。

主入口设在沿江大道，楼房正立面并非正对长江江面，而是正对沿江大道，面朝向长江下游。入口处有两座威武雄浑的石兽，28 级台阶上去进入海关正面大门，巨大的拱门，巨大的长窗，如石头堆砌的堡垒，庄严神圣又如雅典卫城的神庙。

其上有哥特式的钟楼，四面大钟，钟盘直径达 8 米，每一刻大钟敲响，奏威斯敏斯特报时曲——与英伦敦议会大厦的大本钟一般无二的音乐。

1861 年，汉口开埠，外洋商船进港装货卸货从事贸易买卖。起初无人管理，长江边混乱一团，各国各地大小船只随意停靠、随意上岸，走私偷渡无人约束，聚众斗殴等事件经常发生。湖广官府上报朝廷，得到回复：敦促各西方国设领事馆协助地方政府管理长江外洋贸易。于是汉口英领事馆带头举议设立汉口海关以约束各国通商贸易事宜。

江汉关（2010 年 7 月）

这就是各西方国领事馆设立于汉口的由来，也是中国海关设立在汉口的由来。

1862 年 1 月 1 日，江汉关正式设立。

晚清时期，中国海关有三处：广州粤海关、上海江海关、汉口江汉关。江汉关是当时清政府在内陆中心设立的对外贸易通商关卡，设关后不久，年贸易额紧追上海。

当时汉口海关的工作范围包括对进出关的货物检验、估价、征税、查私，以及管理外侨和中国居民出入中国国境（远洋轮登上汉口码头等于登陆中国国境），担负物品的国际邮寄，包揽中国交通部门要求的航道疏浚、航标设置以及水文气象、卫生检疫等并拥有职权。

早几年，长江轮渡是武汉人重要的市内交通工具，从汉口到武昌，我们那一代人常常是从江汉关码头乘过江轮，到对江武昌中华门上岸（武汉人谓之“起坡”），返回汉口上岸的码头自然还是在江汉关。小时候，为了抄近道，常常从江汉路斜穿到花楼街，再从花楼街口出来，绕过江汉关

武昌中华门轮渡码头

大楼西南侧的墙根，直奔渡江码头。

1949年前，江汉关是武汉的标志；1949年后，江汉关依然是武汉的标志。塔式钟楼高高耸起，俯临长江流水，钟声悠扬，每时每刻敲响，声音传遍武汉三镇。

武汉人听着钟声长大的，离开时，它从视野中最后消失，回来时它在视野中最先出现。身下大江滚滚，前方远远地矗立着江汉关钟楼，一生一世也抹不掉的影像，那里是生我养我的城市。

汉口英租界

汉口英租界开发得最早。

历史资料、照片显示：阔大的长江，江岸上的货物和码头，江面上的轮船和木船。英、美、日三国银行沿河街（今沿江大道）由西往东次第排列，人称汉口“华尔街”，是当年中国内陆最大的金融中心。各国银行为花岗岩基座，高大的罗马立柱，柱头上饰有卷草雕花，大理石墙面在阳光下白得耀眼。

其中最宏伟的建筑当属英国汇丰银行。

英国汇丰银行，于 1865 年登陆上海，1866 年登陆汉口，1913 年在今沿江大道青岛路口兴建新楼，1920 年完成主楼建筑，古希腊风格，占地约 3591 平方米，建筑面积约 10900 平方米，主楼高 20 米，面对长江横向伸展。

踏上 25 步台阶，柱廊从两边幽深伸展开去，顺着立柱向上升腾之势，仰头高旷廊顶，柱头上的卷草雕花清晰地在视线中呈现凸凹饱满的石头质感——从爱琴海奔腾而来的悠远生命，衔接两个不同时空，东方和西方、地域和历史，你能感受到它的古老和它的生机勃勃。

二十世纪初，汉口汇丰银行是汉口海关的金库，直接控制着汉口海关关税。

文艺复兴以来所有的欧洲建筑风格，几乎都能够在汉口英租界找到印迹，就如各派系风格建筑的露天展示馆。汉口，仅英租界一地，就有涵括的资格。

洋行：南亚殖民风格的怡和洋行、太古洋行，罗马风格的宝顺洋行，文艺复兴风格的保安洋行和台湾银行（日本），工业建筑风格的平和洋行和老沙逊洋行（仓库），装饰主义风格的亚细亚洋行和景明洋行，文艺复兴式风格的麦加利（渣打）银行，希腊古典风格的花旗银行和汇丰银行，巴洛克古典风格的横滨正金银行和日清洋行，罗马古典风格的日信洋行……

华行：巴洛克古典风格的上海商业银行，罗马古典风格的交通银行、盐业银行、浙江实业银行，文艺复兴风格的广东银行，装饰主义现代派风格的中央信托局、四明银行、中国实业银行、大陆银行、大孚银行、永利银行……

更多美丽的建筑坐落在鲜花绿丛之中：英国驻汉口总领事馆建筑群、圣约瑟天主堂和天主堂医院、东正教堂和小花园、圣教书局和英文楚报

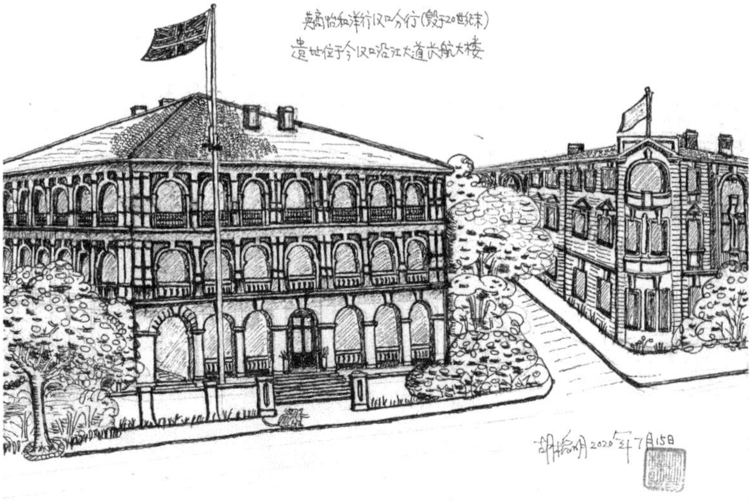

英租界怡和洋行汉口分行（胡榴明手绘作品）

馆，以及汉口电话局、汉口电报局、湖北邮电局，英国电灯公司和海关（英国职员）花园（包括洋楼）……还有民居建筑如公馆、公寓、里弄等。

住宅增多表示租界内的华洋商家人心安定，住下来，做生意，过生活，不再颠沛流离。

汉口英租界设立三十余年后，德国、日本、俄国、法国四国沿汉口长江边相继设立租界并进行开发建设。

19 世纪中叶，来汉的俄国茶商是汉口俄租界的“奠基者”，华俄茶叶贸易丰厚的利润吸引他们从 19 世纪后期起以汉口为家，先在英租界置产创业，沿长江北岸建码头、建工厂、建私宅、建教堂。例如，俄商阜昌洋行（茶叶公司）的商行、住宅、工厂连接一起，占地整整一个街区，今南京路（南段）当年名叫阜昌路，由阜昌洋行投资兴建，一百年后的今天，茶叶公司所属建筑几乎消失殆尽，但在汉口扬子街的小巷子深处，我和朋友居然寻找到一间当年的阜昌茶叶仓库。

日本商行在汉口英租界内的建筑，建设与投资豪奢非常，包括商行、银行、轮船公司。日本人认为英租界离华埠近，便于他们和华人贸易。

在英租界最著名的德国商行是西门子，它和汉口电报局共用一幢大楼，原因再简单不过：电子工业技术传入中国初期，电报和电话行业，从设施进口到技术安装，再到操作使用，每一环节都离不开德国人，西门子公司创建者维尔纳·冯·西门子（Werner von Siemens）本人即世界电子科技的创始人之一，所以汉口电报局和电话局建在英租界，西门子洋行当然也得驻留英租界。

汉口合作路的英国电话公司（发电厂）

2017 年，我受邀参与汉口圣教书局《汉口英租界历史建筑展示馆》策展工作。其中一段介绍文字由我和珠海华发文化传播有限公司执行董事郭云飞先生共同撰写完成，特抄录如下：

……荒滩上建起一片新城区，以此为基点，在欧亚大陆之间搭建一座跨越时空的桥，文艺复兴和工业革命的成果源源不绝地引入，从蒸汽机到电动机，从机械化到自动化，从商贸经济到市政建设，从文化医疗到休闲娱乐……十九世纪末、二十世纪初，汉口赶上世界科技高速发展的时代。

第一道工业化大堤，第一座机械化装卸码头，第一家机械化工厂，第一家发电厂，第一家电报局，第一家电话局，第一家邮政局，第一家出版社，第一家西式商行，第一家西式银行，第一家保险公司，第一幢西式建筑，第一条柏油马路，第一座英式花园，第一条跑马道，第一处滚球场，第一个网球场，第一辆小汽车……

经济发达，城区繁华，文化多元，汉口被称为“东方芝加哥”，从长江到大海，武汉三镇城市近现代化的恢宏史剧从汉口英租界拉开大幕。

汉口鄱阳街49号的圣教书局

汉口华埠

翻开20世纪初大汉口的城区版图：以中山大道为分界，往长江方向的一片街区是租界区，英、俄、法、德、日五国租界沿江并列；往京汉铁路方向的一片街区是华商建设区，也就是华人聚集区。

江滩的开发，震惊了三镇的居民，租界建设以一种最为具象的方式展示了中国以外的世界……

打开我们的眼睛和心，让思想走出封闭的国门——“洋人能做的，我们也能做”——有华商如是说。

光绪三十一年（1905 年），湖广总督张之洞主持建后湖长堤（张公堤），堤内湿地渐次干涸成十万亩平土，从此，汉口北部沧桑轮回。

1907 年，汉口城墙拆除，城墙根下修筑道路，上自六渡桥，下至歆生路（今江汉路），名为后城马路。此后数十年，马路从江汉路开始，隔五国租界，与沿江大道（河街）平行朝向长江下游方向延伸，1927 年改名中山大道。

后城马路由地方政府投资建筑，是汉口华埠最长、最阔的一条街。当年马车满街汽车无几，阔大一点的街道统称为“马路”。

1909 年，兴建水塔，这是后城马路上的第一幢西式建筑，也是当时汉口最高建筑（此纪录保持了八十年）。它由 3000 块花岗岩石砌成塔基，塔内有全套自来水供应设备，为全市居民供水，一座水塔催生了一片城区，后几年，后城马路迅速发展成为汉口的城市商业中心。

与英租界紧邻的江汉路，起初是一条土路，汉口最大的地产商刘歆生修筑此路并向汉口北延长，越过京汉铁路直到循礼门的刘家花园，后经英维多利亚女王批复，命名为歆生路。因为其地段的优越，华商和洋商纷纷前来置产营业，希腊式、罗马式、巴洛克式、洛可可式、现代主义等各样风格的欧式建筑沿街而立，此处集中了汉口最有财势的华洋银行、华洋商行和华洋商埠。

2000 年，武汉市政府将北起江汉四路、南至沿江大道的一段道路定为长度为 1210 米的步行街，作为中国最长的商业步行街，其历史文化价值，可和上海南京路相比。

由后城马路发展而成的中山大道，和江汉路呈十字纵横相交，贯通华埠和洋埠，贯通整个汉口城区，是当时中国大陆城市绝无仅有的一条商业

江汉路和中山大道的十字路口是当年华商建设区

大街。

江汉路和中山大道，纵横交汇成一个十字，这里是老汉口华洋商贸交往的中心和武汉市民玩乐的中心，附近热闹的街道还有花楼街、交通路、民生路、江汉一路，大智路，最著名的建筑除水塔外，还有汉口总商会、华商总会，民众乐园、南洋烟厂大楼，国货商店（今中心百货商店）、璇宫饭店，中国银行、浙江兴业银行、浙江实业银行、上海商业银行、金城银行……

街边店铺林立，街面车水马龙，沿街的老戏园子数十处，沿街的老店美食数十家，几乎集中了大汉口所有的吃喝玩乐的场所。白天，门户洞开，朱红翠紫；夜里，华灯初上，金辉焕彩。寸土寸金富贵繁华之地，和汉正街青砖素瓦的老街商埠相比，呈现出另一番金粉金沙的奢华。

民众乐园，初名汉口新市场，于1919年在中山大道中段建成，是一座仅次于上海大世界的大型综合娱乐场，建筑面积为17168平方米。配楼四层临街，立柱长廊由曲折的楼梯上下勾连，每一层的每一条长廊中有数十

汉口水塔和中山大道

个房间，每一个房间就是一个小型剧场。穹顶主楼高七层，俯视着一条长街上下十里风景。日本设计师设计内院，中西式园林布局。1946年，全园剧座达4500席，戏剧曲艺，一年三百六十日轮换上演，梅兰芳、马连良等名家名角都曾经来过这里献艺。当年，说起汉口新市场，中国大中城市平民百姓几乎无人不知，老汉口人更是引以为骄傲，尽管今天只剩下一幢抽去内容的巨大建筑体，好在记忆还在。

汉口北郊有一座私家园林，名叫西园。1927年，汉口市政当局将西园收归国有，改名为中山公园。1928年，湖北省政府主席张知本批准，交留英建筑师吴国炳设计修建扩展，1929年6月对民众开放。1931年，洪水冲毁园内大部分景观建筑。1934年，吴国炳受汉口市市长吴国桢（其弟）所托主持重修，建张公亭（纪念张之洞）和湖心亭、四顾轩、落虹桥等园林建筑……湖泊岛屿，假山亭阁，林木花卉，四季二十四时，风光景色变幻无穷。最记得公园门口的桂花树，花开时弥漫一股浓浓的香味。

中山大道朝京汉铁路一方，江汉路朝长江下游一方，江汉一路、江汉

武汉中山公园

二路、吉庆街、铭新街、泰宁街，保成路、南京路（北段）、汇通路、黄石路、大智路，方圆一片名叫“模范区”，几乎全都是华商建设区，当年华商组成同盟商会，在五国租界对面隔一条后城马路（中山大道）与洋商精神上对峙、行动上比肩，立志向租界学习，众志成城，十年后，“模范区”建成，蓝图成为现实。

这里有江汉路聚兴诚银行、铭新街大陆银行（武汉卫戍司令部）、南京路吴佩孚公馆（吴家花园）、江汉一路华商总会、汇通路华商赛马会、泰宁街报馆大楼，黄石路格非堂，等等。

公馆密集，里弄成片，小花园藏在水泥砖墙的背后。

小时候（五十年代）来来去去“模范区”，江汉路、中山大道、大智路（街区外圈）几条商街之热闹自不用说，整一片街区都是安静的、洁净的、规整的、美丽的，街边进出的居民，衣饰装扮特别讲究，恍如黑白影片中二三十年代的上海。

吉庆街后来的脏污、油腻、嘈杂、低俗，其实根本不是它原来的

汉口中山大道上的金城银行

样子。

百年前汉口华商“模范区”的建设理想就是要和世界（欧美发达国家）看齐，哪想到后代人背离前人初衷，好在现在一切都改过来了。

修整一新的中山大道，黄石路到大智路一段，之前的华埠，现在的吉庆街商区，虽然不如十几年前热闹，但是感觉好很多。

现代都市风

1861 年之后，英领事官邸开全武汉市的先河，最先有了电灯。1906 年，在湖广总督张之洞的倡导和资助下，中国商人兴办水电公司并开始对武汉市民送水送电。

1884 年，汉口开设电报服务，1902 年，汉口和武昌才有由商人兴办的电话公司。辛亥革命以后，1915 年，民国政府（当时为北洋政府）交通部出资十八万元将汉口和武昌商办电话公司收为国有。

汉口吉庆街商区（2020 年）

1897 年 2 月，汉口邮政总局成立，办理邮件传递，第二年，开办汇兑业务。

1903 年，汉口街头出现了的第一部小汽车，后几年，汉口市民的婚礼以轿车送嫁为时尚。

20 世纪三十年代，武汉市建了三座飞机场，其中汉口建有王家墩机场和丹水池水上机场。

1926 年 10 月 20 日，汉口市政委员会成立，建立汉口市政府，那年，汉口居民约 40 万，属三镇之中人数最多。

20 世纪三十年代，汉口北边的郊野还没有变成今天的城区，那里还留着大片的湖泊。夏天就能见到满湖粉色的荷花和青色的荷叶，渔民拿一根长篙撑一只木船在湖面上滑动，湖边是大片草场和沙地……当年西商跑马场引万人空巷……跑马场以南，烟尘蒙蒙，灯火明灭，楼房高矮参差，红瓦灰瓦一片，那里是繁华的闹市区，是有着万户人家的汉口、城市的中心。

一百年的岁月早已过去，春去秋来，岁月交替。今天，阳光依旧，老

昔日汉口模范区铭新街的高级住宅区

城依旧，街衢巷陌的美丽依旧，昔日的繁华融进了沧桑，老汉口风情，唯有想象。

汉口商业中心，租界和华界汇合处

庚子年间张之洞

灾难深重的庚子年。

1900年夏天，6月，中国北方大旱，山西、河北地区天不降雨，田地里的庄稼大片大片枯死。人们的头顶上骄阳似火，心中焦躁如火。自给自足的农业国，中国百姓，包括农民和城镇居民，以田地为生，靠老天爷吃饭，每一个灾年都能将他们推向绝境。灾荒降临，祸难降临，天灾人祸，如联系紧密的孪生体。

艰难的生活，灾荒的岁月，如同一根导火索——这就是义和团运动发生的源头。

这一期间，义和团和清甘军捣毁教堂，焚毁教民或非教民的住宅和商埠，捣毁洋行以及大使馆和领事馆，毁坏铁道和工厂等。

压抑已久的民众破坏性行为如原上的野火，在清王室的纵容下肆无忌惮地蔓延，从中国北方黄河以北，一直到中国南方长江流域或更南部，湖北、四川、江西、湖南、浙江、江苏、福建也接连发生多起火烧外国教堂等民众性骚乱。

6月14日，英国驻上海代理总领事华仑报告英国外交大臣并建议："我们应立即与湖广及两江总督取得谅解，我完全相信，倘若他们能够信赖帝国政府的有效帮助，那么在他们所辖区城内，他们将要做到他们能够做到的（即以行动）来维持和平。"

6月16日，英国外务大臣伦敦电复华仑，指示他马上按照上述方案

北京东交民巷——庚子年（1900年）攻守战战场

行事。

华仑当即与驻汉口英总领事取得了联系，命令他马上联络湖广总督张之洞。

至于为什么看准张之洞？那就是英国人基于近几年来对这位湖广总督的观察和了解，他们相信这位洋务运动的先驱者是绝对有办好这件事的愿望和魄力。

事态的焦点转向湖北。

驻汉口英国总领事法磊斯坐船过江来湖广总督府（今武昌造船厂附近），和张之洞商谈如何应对当前局势。

那一晚他们谈得很好。双方有很多共同点，英总领事因为职责所致，必须保护本国在长江中下游地区的经济和政治利益，包括在华英国公民的人身安全，他当然不愿意在自己的辖区遭遇到类似河北、山东、以及京津地区那样的民众性武装骚乱。他执行英外交大臣和英驻上海总领事的建议，利用中国地方政府的力量，控制眼前事态的发展。

《东南互保章程》得以签署的另一位起重要作用的人物盛宣怀出场。

盛宣怀，江苏人，清廷重臣，轮船招商局督办、铁路公司督办、汉冶萍煤铁厂矿有限公司督办，晚清自强派的重要人物，当时因为事务的关系，和湖广总督张之洞联系十分紧密。

6月21日当天，盛宣怀发电报给湖广总督张之洞、两广总督李鸿章、两江总督刘坤一，提议南方督抚与上海领事馆协商“东南互保”。

这一提议立即得到众人的热烈响应，南方的张之洞、李鸿章、刘坤一等，加上北方的袁世凯，全是当时中国高层社会中的精英人物，朝廷的昏聩腐朽令他们痛心不已，现实的悲剧是，他们都是这棵朽木上结出的果。

大家商议最后作出的决定是：让朝廷的诏书见鬼去吧！

当然，话不敢这么直白地说。

大意是：眼下时局动乱，民变迭起，京城暴民横行，此诏书可能是暴民挟制皇室拟定出来的，意在挑拨华洋矛盾，挑起国内外动乱，陷我中华于水火，我等切勿轻信。

目前，我东南各省（含上海）抚督一定要以国家安危为大局，以静制动，保境安民，辖制地方，等待京城暴乱平息，等待太后和皇帝的讯息。

依然由张之洞出面，和汉口英国总领事协商此事。

汉口英国领事馆是英国在华一个重要工作点，管辖地区包括湖北及周边的中南数省，在1900年的“庚子事变”中，与湖广总督张之洞有过很好的配合，将中国南北省重要官员的意见和建议送达上海英领事馆，然后将上海各国领事协商的意见传达给张之洞，而后传达给各省督抚。

当时（1900年6月到8月），北京英国公使馆以及西方各国大使馆被清军和义和团包围，根本不可能和外界通信息，这样的情况下才显出湖广总督张之洞以及汉口英国领事馆（总领事馆）的重要。

具体的传达方式是：张之洞汇总南方各省督抚的意见，交由上海道台余联元送达西方各国驻上海总领事馆，主要是英领事馆；同时，汉口英领事法垒斯也向上海领事华仑汇报议事情况。

6月底，由张之洞倡议，东南地区各督抚响应，汉口英国总领事以及其他各国驻汉口领事会同驻上海各国领事馆官员协商一致，协议顺利签订，这就是在中国近代史上著名的《东南互保章程》。

章程共有九个条款，主要内容是拒不执行朝廷宣战诏书，制止和预防地方动乱，保护西方各国在华的利益和人员的人身安全，保护地方安全，维持和平正常的社会秩序。

具体内容如下：

一、上海租界归各国共同保护，长江及苏杭内地均归各督抚保护，两不相扰，以保全中外商民人命产业为主。

二、上海租界共同保护章程，已另立条款。

三、长江及苏杭内地各国商民教士产业，均归南洋大臣刘（刘坤一）、两湖总督张（张之洞），允认真切实保护，并移知各省督抚及严饬各该文武官员一律认真保证。现已出示禁止谣言，严拿匪徒。

四、长江内地中国兵力已足使地方安静，各口岸已有的外国兵轮者仍照常停泊，唯须约束人等水手不可登岸。

五、各国以后如不待中国督抚商允，竟至多派兵轮驶入长江等处，以致百姓怀疑，藉端启衅，毁坏洋商教士的人命产业，事后中国不认赔偿。

六、吴淞及长江各炮台，各国兵轮不可近台停泊，及紧对炮台之处，兵轮水手不可在炮台附近地方练操，彼此免致误犯。

七、上海制造局、火药局一带，各国允兵勿往游弋驻泊，及派洋兵巡捕前往，以期各不相扰。此军火专为防剿长江内地土匪，保护中外商民之用，设有督巡提用，各国毋庸惊疑。

八、内地如有各国洋教士及游历洋人，遇偏僻未经设防地方，切勿冒险前往。

九、凡租界内一切设法防护之事，均须安静办理，切勿张皇，以摇人心。

无论从哪个角度来看，上述九个条款，无一条有不合理之处。阻止暴乱，给予城市居民一个安定的环境，生活和工作，其中包括来中国的外国人，也应该让他们享有国际公民的起码权利，这是一件符合国家利益的事。

庚子年（1900 年）过去，中国南北恢复平静，湖北武汉平静如昨，湖广总督张之洞稳舵续航。

1905 年主持修筑汉口张公堤，防洪排涝，扩大汉口城区面积；1905 年主持修筑汉口后城马路（即中山大道），沿线华埠建设和租界建设得欣欣向荣；1906 年主持京汉铁路通车典礼，武汉三镇成为中国内陆现代化交通运输中心城，1909 年（此年张之洞病逝北京）汉阳铁厂并入汉冶萍公司（汉阳铁厂、大冶铁矿、萍乡煤矿），奠定湖北省重工业基地，1909 年（拨官银资助）民企汉口既济水电公司（自来水厂和发电厂）建成……张

汉口中山公园的张公亭建于 1931 年，即张之洞纪念亭

之洞任职期间制定政策鼓励洋商投资、鼓励华商创业，投资官办社会公共服务，运营电话局、电报局和邮政局；大力推进现代化教育，废旧学兴西学（渐进型），办中小学和职业学校以及创办高等院校，政府出资派遣学生海外留学（即官费留学）；改旧式军队为新式军队（创建湖北新军）等。

20世纪第一年，农历庚子年，因湖广总督张之洞的胆识和远见，长江流域及以南地区免受北方“动乱”的影响和侵袭，城市建设发展，居民生活安定，这是上天赐给武汉人的福分。

阳夏保卫战

阳夏之战，也称阳夏保卫战，辛亥革命武昌起义系列战事之一，而且是其中进行时间最长、牵涉的地区最多，动员的民众力量最大的一场战事。

1911年10月10日，湖北革命党人在武昌发动推翻清廷封建王朝的武装起义，史称辛亥起义，随即在武昌阅马场红楼（湖北省咨议局大楼）建立湖北革命军政府，督请湖北新军协统黎元洪出任军政府都督，向全国发布电报文告，一天之内，中国大地风雷震动，全国十四省先后宣布独立，脱离清王室统治，建立革命政权，响应辛亥革命武昌起义。

起义最初，战事发生在武昌城。湖北新军工程八营发难（于武昌紫阳湖畔，现湖北省总工会院内），攻克楚望台军械库（在武昌梅亭山，起义门外200米处），攻占武昌中和门（今起义门，首义南路顶端），攻占湖广总督府（10月10日当晚被毁，故址在武昌都司湖畔今武汉音乐学院校内），占领蛇山奥略楼（已毁，故址在蛇山黄鹄矶今武汉长江一桥桥头堡桥基处），武昌全城光复。

随后几天，战火烧过长江，迅速蔓延至汉口，然后是汉阳，革命军和清政府武装在这两大城镇市区及市郊的多处地点展开长达四十一天的战斗。“阳”，即汉阳；“夏”，汉口古称夏口。“阳夏之战”因此得名。

在湖广总督府被革命军攻陷之前，湖广总督瑞澄带着家人和亲兵从墙洞爬出府邸，逃到停泊在长江江边的楚瑜号军舰上并下令起锚转舵到对岸

1911年10月11日，中华民国军政府鄂军都督府在武昌阅马场谘议局成立，黎元洪被推举为都督

汉口，紧贴着长江北岸江堤的英国军舰尾巴上停泊，接着派人上岸到英租界宝顺路（今汉口天津路）的英国驻汉口领事馆（今天津路10号楼），给英驻汉总领事葛福（Herbert Goffe）送信，请他向北京英国公使馆（今北京东长安街14号公安部大院内）告之事变的发生，请求英政府的支持，希望驻汉口长江边的英国海军舰队参战，炮轰武昌起义军，挽回清王朝统治在湖北武昌的败局。

葛福当即电告北京英国公使朱尔典（John Newell Jordan），朱尔典指示英国在华海军“给以他力所能及的一切援助”。几天之内，长江上聚集十六艘外国军舰。但是，聚集归聚集，不允许英国军舰开火，除非自身受到来自对方的武力威胁——这就是英公使电文中“力所能及”的意思：我能做到仅是如此，其他的，我“力不能及”。

尽管西方各国非常不喜欢革命发生，但是为了从长计议，选择了暂时性的观望姿态，具体策略是：保护旧政权，对新政权暂不出手，等到事态明朗，才好站出来说话——一切都是为了本国利益，这是国际外交基本法则。

就这样，从 10 月 10 日武昌举义开始，到第二年的 1 月 1 日孙中山在南京就任中华民国临时大总统为止，这么长的一段时间之内，武昌起义政权和占据汉口的清军一直隔江对峙。

西方各国海军“按兵不动”（当时汉口江边停泊英舰 8 艘、美舰 3 艘、德舰 5 艘，俄舰 1 艘、日舰 1 艘），瑞徵只能寄望于清王室，请求清廷火速派兵南下，强调此次武昌举事与前数次例如长沙、广州革命党人的举事有质的区别，训练有素军备充足的湖北新军成为辛亥革命中坚力量，武装起义在三镇成功的可能性非常大——梁柱摧折，大厦倾倒，时间延误，将不止湖北武昌一省一市的事变了。

接到瑞徵发来的十万火急的求救电报，清王室执政者心如火焚、面如死灰，慌忙寻求应对之策。

一个庞大的帝国，即便是腐朽之极，也不等于它衰弱得不堪一击。

10 月 12 日，汉口、汉阳宣布“光复”，革命党人组建临时政权。

同一天，清廷下达命令，陆军大臣廕昌率领北洋军两个军，从北向南乘火车沿京汉线风驰电掣而来，海军统制（总司令）萨镇冰率领“楚有号”“海容号”等 15 艘军舰，从上海出发，溯长江破浪而上直驱汉口。陆军和海军两路夹攻，清朝廷调遣了最强悍的兵力来对付湖北的革命党人，试图扼杀武昌起义于襁褓之中。

10 月 10 日当晚，曾经在湖北省督府与革命军顽抗的湖北提督张彪，挡不住起义军的勇猛攻势，率领残兵败将登上总督瑞徵的军舰逃过长江。

收到北京清王室的电文指示后，10 月 13 日，张彪带领部分清兵占据汉口城郊的刘家庙车站，准备和南下的北洋军会合，保住汉口，反攻武昌。

消息飞快地传到位于武昌阅马场的湖北省军政府（红楼，今辛亥革命纪念馆，当时为湖北省咨议局），都督黎元洪下令革命军渡江到汉口，前往刘家庙阻击清军的集结反攻。

刘家庙之战

刘家庙车站，即今天的江岸车站，是当年京汉铁路进入汉口城区的第一个车站，出车站顺铁路线往东北，经三道桥后到黄陂滠口车站。

刘家庙本来是一个地名，是今汉口黄埔路到丹水池一大片地区，据说清代这一带曾经有过一座庙，名为刘家庙，后来庙毁了，但留下这个地名。1898 年，京汉铁路铺到汉口，在刘家庙地片建站，名江岸火车站，但民间坚称刘家庙车站，1953 年再次定名江岸车站至今。

当年（1911 年）汉口市区建有三个车站，从东北往西南，依次为刘家庙车站、大智门车站、玉带门车站。

阳夏之战为什么从刘家庙开始？因为这里是清政府南下援军乘火车到达武汉三镇的第一站。

湖北提督张彪，是张之洞亲手培养的湖北新军主帅、清廷忠臣。他是一员悍将，作战风格凶狠强蛮，湖北新军尽人皆知，在湖广总督府保卫战中吃了败仗，这让他恼羞成怒，来到汉口刘家庙，三天之内（10 月 13 日到 10 月 15 日），会合从湖南和河南两省赶来的清军援军，包括炮兵、步兵、骑兵，一共两千人，跃跃欲试，准备和革命军决战。

此时，海军总司令（统制）萨镇冰率领清水师舰队溯长江而上到汉口，立刻给予刘家庙的张彪军队火力支持。

革命军这边的力量是渡江到汉口的湖北新军部分官兵，此外湖北军政府征募了汉口市民参军（民军）。

10 月 17 日，廕昌在河南信阳指挥清军入湖北作战。

10 月 17 日，黎元洪正式担职湖北军政府都督，下达命令坚决阻挡南下清军的攻势。辛亥革命的成功，黎元洪功不可没，没有他，没有湖北省咨议局议长汤化龙，没有武昌起义的中坚人物吴兆麟、蒋翔武、刘公、孙武、熊秉坤、蔡济民、李翊东、詹大悲等人，也就不会有辛亥革命的成功。

因为英租界（今汉口江汉路至合作路一片）江面成为战争前沿，湖广总督瑞徵将楚瑜号移往下游德租界（今汉口一元路至六合路一片），停靠在德国军舰朝岸一侧。17 日这天，德舰朝长江江面从武昌增援汉口的革命军渡轮开火，这是唯一一次外国海军公开介入辛亥革命的记录。

10 月 18 日，革命军向刘家庙据守的清军先后发起两次进攻，战斗进行得非常艰苦，双方拼死相持，由于萨镇冰指挥的清军舰从江上炮轰，给张彪等的步兵军团增添了强大的火力支持，革命军受创严重，一度沿铁路线退到大智门车站，退入汉口市区。

10 月 19 日，天还未亮，革命军从刘家花园（刘歆生别墅，毁于清末，遗址在今汉口循礼门），从西商跑马场（今汉口解放公园），从大智门火车站，向东推进，再次向刘家庙发起攻击。前来参战的有京汉铁路江岸机务段的工人、铁路沿线棚户区的贫苦市民等。清军被击溃，躲进铁路沿线棚户区，革命军及当地市民火烧棚屋，清军慌乱溃逃。此时，长江江边，清军舰艇暂时停火，炮弹供给中断，乘此间隙，革命军一鼓作气攻占刘家庙，清军退到三道桥，再退至滠口。

汉口市民欢欣鼓舞，放鞭敲锣击鼓，欢呼革命军打败清军，汉口市民踊跃参军。

汉口市民“有钱出钱，有力出力”——捐款的捐款，送饭的送饭，直接参战者也由汉口居民组成，以市井游民为多数。

湖广总督瑞澄从江面看到清军的溃退，感觉大势已去，万念俱灰，下令楚瑜号起锚驶往上海。

10 月 19 日夜晚，湖北军政府决定乘胜推进，向驻扎在黄陂滠口的清军发起攻击，任命黎元洪旧部属下张景良为汉口前线总指挥。

北方清军援兵不断南下向湖北集结，人员武器装备十分精良，湖北革命军无法相比。

革命成功，不在于当时振臂一呼，而在于面对旧政权全力反扑，新生政权能否坚持得下去？

刘家庙战斗进入第二阶段，10 月 20 日，张景良过江来到汉口前沿阵地，不作任何战斗部署，四处看了一番，人就不见影子了。当天，武昌阅马场湖北军政府听说汉口前线总指挥失踪，无奈之下只得隔江下达进攻命令。

10 月 21 日清晨，革命军兵分几路进攻滠口，作战部队依然以湖北新军正规军队（湖北新军武昌起义革命者）为主，此时汉口民军人数不多，没有成为阳夏之战的主力。

三道桥为刘家庙到滠口的必经之道，因于大片湖泊沼泽上建筑三道铁桥铺设京汉铁路铁轨，所以得名。

集结得越来越多的清兵武装在三道桥顽强阻击，压制革命军数次冲锋。大片湖泊泥沼使湖北军政府从江南派来的援军根本无法立足。进攻滠口失败，革命军伤亡很大，只得向后退却，在三道桥和刘家庙之间修筑工事，阻止清军顺铁路入城。

战事进入胶作状态，清兵大批南下，踞伏祁家湾和滠口（两地都属黄陂），另在孝感设司令部，等待信阳的荫昌下达进攻汉口的命令。

湖北军政府领导黎元洪，原本行武出身，此前湖北新军高级将领，凭直觉就能猜到前路凶险、大战在即，派出步兵军官张廷辅、熊秉坤，炮兵军官蔡德懋，敢死队队长方兴和马荣，率领部队过江支持，沿着汉口北城圈张公堤（东起堤角西至舵落口一道防水大堤，张之洞拨款修筑）巡防守卫。

大智门之战

就在刘家庙战斗的进退攻守之间，交战阵营的双方各自发生一些影响中国历史命运的大事。

北洋军统帅走马换将，由北洋军创建者袁世凯取代陆军大臣荫昌，行使对北洋军的指挥权。

武昌首义门原名中和门（武昌城南门）

荫昌出身满族贵族之家，于德国军事学校受训，曾任清廷驻德国公使，中西文化教育良好，属风流倜傥贵公子之流，没有统兵作战的经验，再说北洋军他也统领不住。当时北洋军第二军统领冯国璋，受袁世凯指示来到汉口按兵不动，使坐镇信阳的荫昌对湖北战局无力控制。

这段时间，西方各国公使喧哗京城，软硬兼施，胁迫清廷允许退隐归乡的袁世凯复返政坛，寄希望于他出山收拾危局。

一代枭雄袁世凯，出生官宦之家，文武兼修，年轻时弃文从武，从基层军官做起，依靠能力及关系升任驻朝鲜总理大臣，1895 年归国受西式军事训练，1898 年变法维新失败后放弃帝党而依附后党，官运亨通直至直隶总督兼北洋大臣，1907 年入主军机处，和西方各国使臣关系密切，当时被西方国家认为是“挽救中国政局之第一人”。

10 月 27 日，袁世凯端起架子走马上任来到信阳，以钦差大臣身份换掉徒劳无功的荫昌，统领北洋军及湖北清军以及长江清兵水师，全盘掌控兵权。他当即下令整编“旧部”北洋军，任命原第二军统领冯国璋为第一军总统官，段祺瑞为第二军总统官。

卸下重任的荫昌并没有返回京城，以普通军官身份参加清军部队南下湖北作战，他没有忘记自己清朝贵胄的身份，也算做到尽忠尽义。

整编停当，袁世凯踌躇满志，调令北洋军水陆两路大军，气势汹汹扑向汉口。

10 月 26 日，清军分水陆两路向刘家庙发起反攻，声势猛烈非同往常。

袁世凯正式上任的前一天，阳夏保卫战进入危局。海军统制萨镇冰亲自把舵，引导四艘巡洋舰乘夜由阳逻驶入滠河（汉口东北郊长江支流），从谌家矶（今汉口江岸区东北角）的帅伦造纸厂（属清财政部，1912 年停产）以重炮轰击埋伏在三道桥一带的革命军。清军步兵则从滠口沿铁路以强火力正面进攻，另一支清军从岱家山、姑嫂树向刘家庙、三道桥侧面进攻，革命军伤亡惨重，情况万分危急，眼看三道桥很难守住，大家商议准备向刘家庙撤退。

没有料想的事发生了，失踪数日的张景良突然如鬼影一般出现在刘家庙，乘着前线吃紧、此地空虚的当口，指示放火烧毁站内储存的军火弹药及武器装备。前方将士回头，远远看见后方大火黑烟冲天，以为刘家庙车站已被清军占领，绝望之下退出三道桥前沿阵地，不敢沿铁路返回刘家庙，而在汉口北郊绕一个大弯，从西商跑马场侧边进入汉口市内，以大智门车站为第二道防御阵地。

大智门，原为汉口北城圈八大城堡之一，京汉铁路修通后，城堡拆毁并改建火车站，即大智门火车站。

大智门车站曾经是京汉铁路线南段最大的一座车站，由法国工程师设计，1906 年 4 月 4 日，直隶总督袁世凯受慈禧派遣，专程从北京赶来，和湖广总督张之洞一道，在这里举行了铁路通车剪彩仪式。

没有人指挥的革命军溃退到大智门，安定下来之后获得了准确战报：刘家庙并没有被清军占领，兵行诡道，自己这方出了奸细，白白放弃了汉口军民流血牺牲才占据的堡垒。

几天后，革命军从汉口某处搜寻出内奸张景良就地处死，他和清军的

2013 年 CECP 中外志愿者走访汉口大智门车站

勾结内幕至今成谜。

湖北新军标统谢元凯站出来对众位兵士说："我们被人算计了，现在多说也没用了，战机失误，失不再来，没有总指挥，我们自己指挥自己，不怕死的兄弟跟我来，杀回去，夺回刘家庙！"

众人奋勇响应，当下组织起一支军队，谢元凯担任指挥，从大智门火车站出发沿铁路线向东直奔刘家庙车站，与刚刚赶到这里的清兵展开近距离战斗，长枪和大刀，近身肉搏，血肉横飞，近乎拼命的攻击令清军士兵胆怯，不想也不敢与之硬抗，逃出车站向三道桥退去。革命军再次占领刘家庙。

1911 年 10 月和 11 月，汉口战事瞬息万变，每一天，每一小时，胜败输赢，进攻退守，都在转换，每一个阶段的胜利都不敢指望保持长久，胜战只是战斗的间隙，血雨腥风的鏖战还在后头。

袁世凯介入湖北战局，分兵两路而行：一面遥控冯国璋由汉口东北郊向汉口市区沿铁路推进，一面亲自率领北洋军自河南信阳入境湖北，直奔孝感，准备从蔡甸进入汉阳，东西夹击，攻占汉阳和汉口，然后威慑武昌。

收复三镇，镇压武昌起义，并不是袁世凯的最终目标，更大的谋划还在后头，对湖北革命军的武力打击，只是他为获取更高权力的至关重要的一着棋。

10 月 27 日，对袁世凯绝对效忠的冯国璋，指挥北洋军从滠口经三道桥强攻刘家庙，守在这里的革命军人数本来不多，经历之前数场战斗已经体力衰竭，武器装备更不能和装备精良的北洋军相比，刘家庙再次失守，革命军退守大智门。

10 月 28 日，清军强攻大智门，炮火喧天，步兵突进。

谢元凯和马荣率领部下前后两次冲出车站，逼近清军，近距离肉搏，迫使敌方前锋部队胆怯后退，但这也只是赢得了片刻间的喘息，少数人的慷慨献身阻挡不住大部队的军事行动，现代战争不再是冷兵器时代。

国民党高官徐源泉在回忆录中记载了大智门战斗：1911 年 10 月（28 日或 27 日），汉口战况于革命军极为不利，清廷军队倾巢南下，以图挽回颓势。湖北军政府决定招募新兵，扩充起义军力量。黎元洪派人到客栈向外省返乡的军校学生发出邀请。当晚，徐源泉作为代表列席武昌都督府（即红楼）召开的军政会议，慷慨发言愿为革命效力。会后，他号召学生军三百余人，自任为队长，连夜渡江到汉口，于大智门火车站与清军展开激烈交战。

数天以来，汉口民众自发组成武装，称为“民军”，它作为一支特殊的之前没有受过任何军事训练的战斗团体，随着阳夏之战的持续，逐渐形成为革命军中坚力量。

大智门争夺战前后三天，清军采取扇面攻势，从刘家庙沿铁路线向西，向大智门车站进攻；从姑嫂树、岱家山、西商跑马场（汉口解放公园一带）往西南行动，向汉口市区中心进兵。冯国璋命令炮兵避开沿江五国租界区，用大炮向华人居住区猛轰。革命军及市民死伤惨重，大智门车站被炸成废墟。

汉口街巷战

10 月 28 日，清军占领大智门，革命军退到循礼门，再退到歆生路（今江汉路中山大道以北，江汉路步行街与京汉大道相交一段），借街边的商店、民居为屏障，和清军开始街巷争夺战。

循礼门是清代汉口北部八大城堡之一，1916 年修筑循礼门车站，2010 年拆毁，京汉铁路从这里经过，到玉带门车站调头，歆生路在这里和京汉线十字相交。沿歆生路南去是汉口闹市区，跨过后城马路（即中山大道）往南是沿长江华埠商业区，向西是六渡桥居民区也是商业区。

这时，革命军已经没有群体参战的实力了，无人指挥，队伍溃散，三千官兵阵亡，湖北新军正规军人所剩不多，湖南援军已经撤走，战败部队来不及整编，武昌派来了增援炮队，也只是杯水车薪，阻止不了已经攻进汉口市区的北洋军，拥有德国装备的北洋军掌控了阳夏之战的终局。

两军交战，第一是实力，第二是指挥，仅凭热血精神各自为战，牺牲自然惨烈。

10 月 28 日，黄兴由香港经上海乘船来武昌。

听说湖北武昌举事成功，海外的革命党人一个个心潮翻滚，恨不得插翅飞回国，投入到革命的洪流中去。

黄兴，湖南人，孙中山组建的同盟会的重要领导者之一，武装起义的狂热推行者，从 1907 年到 1909 年，在湖南、广东、云南等地，先后多次举行武装起义，均遭失败。1909 年领导广州黄花岗起义，负伤后逃往香港，这次归国，他期望与湖北革命者合作，推翻清王朝，建立理想国。

黄兴在武昌码头下船，来到湖北省咨议局大楼。正愁没有得力军事指挥人才的黎元洪大喜过望，当即任命黄兴为战时总司令，全权指挥阳夏之战。

汉口战役，袁世凯授令冯国璋全权指挥。

胡榴明在龟山黄兴铜像前（2010年）

北洋军从东面和北面向汉口市中心压过来，除了一支武装部队沿歆生路尾随溃退的革命军穷追不舍之外，另有大部队合围汉口北郊，从姑嫂树向西，经华商跑马场（今同济医科大学校园内），然后向南，以玉带门车站为堡垒，向汉口中心城区以及长江和汉水交汇方向，呈片状推进，打算堵死汉口军民最后的逃生之路。

玉带门（今汉口硚口路至崇仁路之间），和大智门、循礼门一样，是清末汉口北郊八大堡垒之一。1898年，京汉铁路在南端玉带门和北端卢沟桥同时动工修建，1903年，玉带门车站建成，属京汉铁路南段终端车站。

循礼门失陷后，一部分革命军沿铁路退到玉带门车站，希望守住汉口北城圈的最后一个堡垒，但是，和前几个车站一样，铁路畅通，清军来得更快。大批清军从万松园（今汉口中山公园一带）和华商跑马场（今武汉同济医院一带）方向攻过来，直插玉带门，革命军残部向西南方溃逃，躲进花楼街、满春街、四官殿、集家嘴一带的大街小巷。

冯国璋率兵占领汉口三大车站（刘家庙、大智门、玉带门，1911年循礼门还未建站），将汉口的出入口控制在手掌心里，既可防止其他省市对湖北军政府的支持，也可以将北洋军直接运送到汉口城区中心——由玉带门车站往南即汉江。他猜到革命军准备从龙王庙渡过南岸嘴逃往汉阳，龙王庙将成为北洋军攻打汉阳的前沿阵地——从北洋武备学堂毕业的武官冯国璋，是袁世凯麾下悍将，不光好勇斗狠，更有指挥作战的魄力。

10 月 29 日，清军攻陷循礼门，跨过铁轨，沿街追击，搜寻每一幢房屋和每一条巷道。

当天，黄兴赶往汉口六渡桥的满春茶园（汉口满春街位于六渡桥商圈以西，连通中山大道和汉水），指挥汉口军民与北洋军的街市巷战。

巷战自循礼门京汉铁路以南的歆生路开始，革命军躲进街巷，暗中朝清军开火，尤其是汉口民军，人头熟，地段熟，穿街过巷，和穷追不舍的清军在老汉口城区环绕迂回，从歆生路退到后城马路（中山大道），从后城马路退进花楼街、黄陂街、王家巷、四官殿，朝龙王庙方向撤退。

敌众我寡，革命军且战且退，向汉水和长江交汇处转移，从汉口北边的循礼门到汉口西南角的龙王庙。循礼门陷落之后，革命军溃散衰弱不堪了，没有汉口民军的指引，从武昌渡江而来的革命军根本不可能由北向南、由东向西地穿越整片城区赶往汉江江畔。

汉口老城像一座深藏莫测的巨大迷宫，走得进去不见得走得出来，街巷曲折，纵横交错，让人辨不清东南西北。老汉口没有东南西北，房屋密集，层叠往复，看不见前后首尾，革命军退进街巷后，如游鱼入水，被汉口市民保护起来了。

汉口作为古代四大商埠之一，近代开埠第一洋码头，张之洞近代工业实验基地——新思想、新观念领中国之先的汉口人，自然首当其冲地成为资产阶级革命的捍卫者。

据说，黄兴在满春茶园，组织溃退的革命军约六百人结集反攻，曾经一度到达玉带门，但是在清军强大火力下，退回六渡桥和硚口。

交战双方实力悬殊，无论是谁，此时此刻都难以扭转汉口之战的大局，如此，黄兴的任命更显悲凉。

汉口之战，虽败犹荣，民心所向，世人皆知。

10月31日，清军炮轰后城马路以南至河街（沿江大道上段）的大片街市，冯国璋指挥部下从循礼门、玉带门一路横扫过来，跨过后城马路来到六渡桥，他下令北洋军放火，一把火从四官殿烧到龙王庙，大火三日不绝，商埠、民居化为焦土。

11月1日，清军占领汉口。

革命军从龙王庙乘船渡过汉江，在南岸嘴上岸，占领龟山和汉阳铁厂。

在汉口保卫战中，谢元凯、徐少斌、孟发臣、方兴、马荣、赵承武、蔡德懋、熊世藩、王家麟等革命军军官前赴后继奋战到生命最后一刻，舍生赴死。

这些天，清海军统领萨镇兵常常拿望远镜站在舰首朝长江北岸看，夏口之战悲壮惨烈历历在目，他回头对身边的军官说："民心向背，清廷保不住了。"

汉阳保卫战

11月3日，黎元洪代表湖北军政府在武昌阅马场举行拜将仪式（遗址在今阅马场拜将台）。黄兴临危受命，率领参谋长李书城、秘书长田桐赶往汉阳，在古琴台（今汉阳琴台风景区）设立革命军总司令部，后来转移到昭忠祠，在归元寺设粮台（粮秣装备供应储存处），接手指挥阳夏之战。

黄兴登台领受将印的这一天，袁世凯从河南信阳来到了湖北孝感，距离汉阳古城已经很近了。

双方临阵换将，决定阳夏之战最终的胜败。形势再明白不过，文人出身的留日革命者黄兴，哪里是武官出身的清廷政治家袁世凯的对手？

战时总司令黄兴着手布置了汉阳和武昌的防务，在蛇山、龟山设炮兵守卫，在南岸嘴至三眼桥的汉江沿岸设兵防守。

阳夏之战早已由进攻争夺战转为后撤防守战，眼下黄兴身负的重任是以汉阳为前沿阵地，拖住敌方的兵力，保住武昌城，保证湖北军政府的安全，保住武昌起义的成果，因为，此时此刻，整个中国都在看着湖北，看着武汉三镇，假如武昌城被清军攻下，辛亥革命将前功尽弃，不仅是湖北，中国将陷入一片血海，一切将付诸东流，也许清廷覆灭或迟或早，但是，再来一次革命，又得要多少人流血？

黄兴深感压力。

11月上旬，全国十八个省宣布光复，宣布脱离清廷成立独立政府。形势对湖北军政府有利，湖南革命党人也腾出力量，派遣军队跨省赶来武汉，汉阳前沿渐渐聚集起湘鄂联军一万余人。黄兴感到眼前一片光明，下令反攻汉口。

11月16日，驻扎汉阳的革命军绕过清军在南岸嘴设下的重装布防，从琴断口搭浮桥渡过汉江，埋伏在汉水北岸宗关水厂一带。

11月17日清晨，黄兴亲自率领反攻部队向汉口城区发起攻击，由西至东，沿着今天解放大道向东行进，攻占博学书院（今武汉市第四中学）和既济水火公司水厂。先头部队直逼玉带门。

敌方闻讯惊惶非常，这样无所顾忌的反戈一击是他们所没料到的，于是，北洋军援军大批涌向玉带门，迎着革命军的来势分两侧堵截，依然是炮兵掩护步兵，轻重武器一齐射击。

革命军北翼遭受重创，被迫后撤，南翼军队见敌方火力如此强大，不愿拿鸡蛋往石头上碰，顺势跟着后退。黄兴大叫：“不许后退，大家向前冲！”但兵退如山倒，部队纷纷跑向汉水，黄兴只得放弃汉口撤回汉阳，不仅伤亡六百人，而且影响到汉阳守军的斗志。

后来史家评价阳夏之战，批评黄兴没有军事头脑，冒险出兵，不顾大局，汉口反攻失败是注定的事。

为什么黄兴会轻率地下令反攻？猜测他有他的想法：全国革命形势一片大好，清廷倒台也许就在即日，进驻汉口，收编北洋军成为革命军，也不是不可能的事，而且此事宜早不宜迟。

“螳螂捕蝉，黄雀在后”，北洋军另一支队伍，由孝感到新沟（古镇，位于汉水与汉北河汇合处，今属武汉市东西湖区)，渡过汉水，占据蔡甸后，又于11月20日，从蔡甸进逼三眼桥。黄兴调动军队西向迎敌，11月21日，双方在三眼桥展开激战。

两方杀得难分难解，革命军斗志凶猛，清军受挫，被迫停止前进，革命军占领三眼桥以东高地——仙女山、米粮山（美娘山)、锅底山、汤家山、磨子山、扁担山——阻挡清军入城之路。

就在这一天，冯国璋指挥汉口清军从舵落口（汉水北岸，今汉口硚口区工农路）渡河，冲破米粮山防线，与蔡甸方向的北洋清军配合，攻打米粮山，对革命军形成夹击之势。

汉阳三眼桥到王家湾之间一带属岗垄地貌，小山丘陵密布，如盆圈一般围合着龟山脚下的汉阳古城。如果突破这一圈山岭，从扁担山到月湖古琴台，一片平野湖泊从西而至，坦坦荡荡，没有遮蔽，汉阳古城便无险可守。

黄兴虽然不算是军事大家，但这起码的军事知识他还是懂的，下令汉阳守军死守三眼桥及以东的仙女山，阻挡北洋军入城的通路。

11月23日，11月24日，米粮山、仙女山失守，革命军退守锅底山和扁担山。

11月25日，两路清军在扁担山一带会合，合力进攻汉阳守城革命军，炮声震撼山峦水泊，锅底山和扁担山失守，清军从王家湾、十里铺长驱直入，进逼归元寺和汉阳铁厂。

在山地争夺战遭受伤亡巨大的革命军，再也无力在平原上组织防御。数路清军如飞蝗袭来。汉江不是长江，渡河过来是很容易的。清军数路从汉口渡河到汉阳，琴断口、十里铺、五里墩、古琴台、南岸嘴，沿河登岸，汉江防务全线溃散，困守汉阳城的革命军只能是拼死困守。战争进行到这一步，汉阳保卫战陷入绝境。

11月26日，湖南援军自行撤退，过长江经洞庭湖返回湖南，湖北革命军也拒绝听从黄兴的命令，纷纷乘船渡江过武昌。

汉阳陷落。黄兴悲恸万分，看大江滚滚东去，他心痛欲裂，一心想投

10 月 27 日，袁世凯受命，先在信阳后到孝感，设司令部作督军状，但是心不是并全在湖北，天时地利，重新出山，需要他考虑的事太多了。

11 月 13 日，袁世凯奉召进京，阳夏之战全权交给冯国璋。战争是实现其权欲野心的一部分，其他手段也决不能轻视。积极组织责任内阁，秘密会晤朱尔典。两天后，英国政府表态：希望袁世凯组织一个“强有力”的政府，“这个政府将会得到我们提供的一切支持。”

这就是辛亥革命的结果。

海军统领萨镇冰接到学生黎元洪的劝请信，长叹一声，说：“不忍看同胞骨肉相残杀……”于是放弃舰队指挥职务，登太古洋行（英国轮船公司，旧址在汉口沿江大道 140 号今武汉航运工程局）轮船回上海。

11 月 14 日，清海军舰队参谋长汤芗铭（湖北军政府要员汤化龙的胞弟）在九江宣布起义，支持湖北军政府，率海容、海琛、湖鹗 3 艘军舰返航汉口武昌江面，炮口调转对准清军。

11 月 26 日至 12 月 1 日，汉口英国总领事葛福派最善汉语的英国人从汉口乘木船过江到武昌，湖北军政府也派特使过江来汉口英总领事馆，南北停战议和的策划在长江两岸紧锣密鼓地酝酿。

双方协议停战，原因很简单：袁世凯挟军事力量和西方势力，希望和革命政权合作达成目的（登上权力宝座），革命政权也希望借袁世凯的军事力量和西方势力的支持达成目的（推翻清廷，建立政府）。

无论怎么说，“停战”是好事。

12 月 1 日，湖北军政府代表蒋翊武和吴兆麟，北洋总理大臣袁世凯代表刘承恩和蔡廷干，在武昌宝通寺（古刹，位于武昌大东门外今武珞路）签订停战协议。

12 月 2 日，南北停战开始。

12 月 9 日，由英驻汉总领事葛福敦促签押，南北双方正式签订全面停战协议，各省代表齐聚汉口英租界，由英领事葛福安排在顺昌洋行（英商轮船公司），举行南北调停谈判。

12 月 28 日，南北议和谈判由汉口移到上海，在上海公共租界工部局继续会谈。席间，英、美、法、日、德、俄六国驻上海总领事采取一致行动，督促南北双方“停止现行冲突”，尽快成立共和政府。

1911 年 12 月 25 日，孙中山自海外回国，并于 1912 年 1 月 1 日在南京宣誓就任中华民国临时大总统。辛亥革命结束。

武昌鄂军都督府，今辛亥革命纪念馆

黄陂盘龙城

人称黄陂是武汉市的东大门，从长江下游逆流而上，入湖北境内，波涛一路，山水逶迤，两岸风景如画屏。夏天，在长江江轮之上，看岸边稻田、柳树、水牛，还有村舍前水塘内的白荷花。再往上游，船行不远，遥遥望见武汉关的钟楼。

武汉市黄陂区，北部与大别山山麓紧密相连，山势绵延、丘陵起伏；南部濒临长江之水，平野广袤，平湖如镜。距城北 27 里，有著名风景地木兰山，因传说是南北朝时易装代父从军的女子花木兰的故里而得名。山石嵯峨，古木参天，山间终年云雾缭绕，有石阶蜿蜒攀登向上，山上金顶耸起，殿阁森严，寺庙道观建于峰峦之巅，是历代道教、佛教的朝圣之地。山下是木兰湖，平湖千顷，湖光映着山色。

木兰山离武汉市城中心约 50 千米，海拔约 582 米，山间多生木兰树，所以得名，后来，这个名字和北朝《木兰辞》中的女英雄联系在一起，更有知名度了。山间建红墙乌瓦的木兰殿，立木兰将军石坊，顶峰建玉皇殿，也和木兰的传说联系在一起。

木兰殿内供奉着木兰将军塑像；石坊下雕龙上雕凤，比喻女子赛过男儿；玉皇殿全部由石块垒砌，不用片瓦寸木，堪称古建筑精品。

花木兰替父从军的传说引历代文人骚客慕名来访，唐代诗人杜甫曾登山游览木兰殿，题下“弯弓征战作男儿”的诗句。

除自然风光和历史传说之外，木兰山还是一处仙山佛地，佛道两教在

黄陂木兰山

此筑庙设坛和平相处。庙宇道观的兴起始于隋朝，兴于唐朝，盛于明朝，曾经有七宫八观三十六殿，佛像千尊，遍山香火，遍山人迹——佛寺和道观间杂，神像和佛像相伴，“佛中有道，道中有佛”，此为木兰山的独特风景。

寺庙建筑和山上所有建筑一样，于山间就地取石，凿开打磨成块，石块与石块交错重叠，垒砌成一片石头宫殿。后来遭遇战乱，古建筑被毁去大半，现存殿堂建筑十多处，金殿内立有 1.8 米高的真武大帝鎏金铜像。

大千气象，万般风景，掩映在这方圆数百里的山乡田野之间，只是谁也没有想到，在这一片深褐色的土层底下，埋藏着一座远古的城池，千年沉寂，与世隔绝，一旦出土，举世震惊。

1954 年夏天，一场特大洪水袭击了武汉。为了加固长江大堤，紧挨汉口城区的黄陂县城西南的一块土地被列为防汛工程取土场。相较位于江湖沼泽低地的汉口，坐落在大别山山脉末端的黄陂，可以称为长江北岸的“高地”——那一年，随着准备垒筑堤防的土壤由地底浮出到地表——殷商古城盘龙城，就在这样一种非常偶然的情况下，沉埋三千年后重见天日。

最初，零零星星的几件青铜器，从黑如暗夜的土层下面被人发掘出来，尽管当场无人辨识它们的来龙去脉，但是依然引起了有关专家的注意。进一步的调研则是在洪水退却后的1954年的秋天，有关专家从一张1932年的五万分之一的军用地图上找到了盘龙城的标记。远古的神话，渐渐地，离我们越来越近了。

随着发掘的进行，更多的青铜器、陶器、石器，以及各种器物的残片陆续出土，数量之多、样式之丰、形态之异，令人惊叹。出土器物的规模，标志着地下宫室建筑的规模。

1954年以来，数十年来多次考古发掘，拂去厚重的历史烟尘，沉睡了三千年的盘龙古城，向世界展示了她灿烂的容颜。

卧于半月形盘龙湖凹处的盘龙城，因盘龙湖而得名，方形城圈，南北长260米，东西宽290米，整体周边1100米，整座城池面积为75400平方米。四围为夯土城墙，城墙内坡缓斜，外坡陡峭，属古城墙建筑规格。

当地农民说，数十年前还能看到，从地底下冒出来的古城墙头，高于地面达六至七米之高，可以想见其城墙的实际高度，定然十分宏伟。城墙四方，各开一个城门进出。城墙外面挖有壕沟，高墙深壑，易守难攻，和现在保留下来的古城墙建筑一般无二。

当时的盘龙古城，其实是统治者的专属城池。考古人员发现：城内东北处有坐北朝南的三座大型宫殿遗址，而城墙外的壕沟以外，则发现了总面积为100万平方米的平民住宅和手工业作坊等遗址及商代中期的墓葬群。从这些商代建筑遗址的分布位置，可以推测分析当时的社会制度和规范，等级有别、贵贱区分的奴隶制从居住地址鲜明地体现出来。贵族阶层居于城内，修造大型宫室，生活骄奢淫逸；而将平民及奴隶赶到高厚的城墙及深陷的壕沟之外，在城外靠近城墙处建屋居住，招之即来，挥之即去，随时奴役，随时驱赶，尤其在晚间要令他们中的大多数人与统治者的宫殿寝处远离，以防范夜间有人聚众谋反。

这样的城居格局，是否盘龙城特例？我没有查到资料，也没有深入研究。不过据河南殷墟（地区）洹北商城遗址考古发掘显示：同为商城，洹北城有内城和外城之分，贵族居内城，有城墙无壕沟；平民（包括奴隶）居外城，外城高墙深壑以御外敌……相当于贵族和平民同城居住，以一道内城城墙相隔离——双城环套的古中国建城模式从商周开始传承到清代——两相比较，盘龙城建筑，阶级隔绝和等级歧视，其残忍程度超过商王朝政权中心地区。

三座宫殿基址迄今为止已经发掘了两座，根据实地探测的资料表明，两座宫殿的建筑形式惊人相似，建筑在一条南北贯通的中轴线上，呈对称形的结构。四周墙基保存完好。前一座宫殿是一间没有隔断的宽敞大厅，推测是贵族朝会布政的地方；后一座宫殿的四周有回廊环绕，中间分隔成四间厅室，推测是寝殿，也是后宫眷属寝居之所。

两座宫殿的建筑布局，与史书记载的“前堂后寝”的建筑布局十分符合，属于人类阶级社会中较高阶层特定居室的建筑形式，具备了两种功能：政治统治者的办公之地以及日常生活之地，属于原初阶段的宫室建构形式。公务与私所，彼此之间相距太近，容易相互搅扰。这样的情况，在以后的历史过程中自然会慢慢地改进。

盘龙城外，除民居之外，还有数量庞大的酿酒、制陶、冶铜的手工作坊。实地勘察表明，当时这里的青铜冶炼技术已达到“精湛”的程度。所以有专家推断：盘龙城为青铜时代而生。

在这一片古遗址上，民居及作坊居中而建，东、西、北三面有商代中期墓葬群，其中有奴隶主贵族墓一座，墓室中有殉葬奴隶的骸骨三具，随葬的青铜器和玉器 75 件，墓葬椁板虽然腐朽但未曾销毁，精致雕花依稀可见，经鉴定为国内至今为止年代最早的木雕艺术品。

盘龙城遗址出土文物达 2000 多件，其中陶器 1500 余件，青铜器 400 余件，玉器 100 余件，石器 100 余件，其中 41 厘米的铜夔龙纹钺、85 厘米青铜兽首圆鼎和 94 厘米的玉戈，为国内罕见的文物珍品。

越过黄河的商代文明，加速了中国南部长江流域原初文化的解体，本

湖北省博物馆专设“盘龙城”展厅

土原始文化让位于由北方而来的青铜器文化，黄河文明向长江文明的渗透，青铜器代表着一个时代，祭祀等同宗教，由最高的权势者掌控，尊崇天地人神，奠定管辖四方土地和本土民众的地位。青铜时期的强势文化由黄河流域波及长江流域。今武汉市黄陂区盘龙湖畔，盘龙古城拔地而起，“商文化存在于中原”的学术定论不攻自破。

盘龙城的千古存在，在于它地理位置的优越。

高空鸟瞰，长江自西向东，流经湖北，至金口，水流向北，悠然一个转弯，江水曲折处，沙洲堆积，湖泊散布，浩浩汤汤一片蓝色的水，苍苍茫茫一片绿色的土，江河之滨立着盘龙城。

当年，长江水系宏大宽阔无比，主流支流纵横恣肆，覆盖中国中东部，盘龙城北可通中原，穿大别山直达商王朝都城，南城与北都相衔接；顺长江而下，可至大冶和铜陵。

有专家推测盘龙城之所以在长江流域的兴建，一是军事上的需要，将这座城池作为商王朝在南方的一座“卫城”，阻挡南地未开化部落族对黄河文明的武力攻击；二是经济上的需要，长江沿线的铜矿资源是当时国家赖以生存的命脉，除了祭祀使用的青铜大鼎之外，交兵争战的武器、日常生活的用具，一切都是铜制品，如同粮食和盐，一日不可或缺。

盘龙城得天独厚的地理位置令商王朝非常重视，其中，最为重要的是水上运输之路，于是，铜矿的开采和运输，铜器的冶炼和运输，成为盘龙城建城之根本——从城中起运，一路向北，“不到黄河心不死”，这座建于公元前1500年的古城，也许就是远古“青铜之路”的起点。

1988年，盘龙城遗址被国务院公布为全国重点文物保护单位，与北京猿人遗址、西安半坡遗址、安阳殷墟遗址、广汉三星堆遗址、咸阳秦始皇兵马俑坑等，一起被列入20世纪中国100项考古大发现之一。

今天，当你来到这里，眼前只有大片平旷的土地，没有宫殿，没有城垣，没有民居和作坊，没有墓葬也没有壕沟——为了更好地保护这一块土地上的国家宝藏，出土的古城被重新埋入土下——来于悠远的时空，又归于悠远的时空中去了。

一大片挖开后又掩埋的土地，土地上长着草，春天草绿了，秋天草黄了，湖水静寂，宫殿和城池，沉于你的脚下，但是你也会有感觉——尘和土，风和雨，空气、太阳、时间还有空间，奔涌在心内，以及奔突在身外的历史和文化、传说和故事。

江夏楚王陵

“去故乡而就远兮，遵江夏以流亡……”

——屈原《楚辞·哀郢》

江夏，作为楚地一方的地名，历史非常悠久。

汉高祖六年（公元前201年）置江夏郡，设沙羡县，下治涂口（今金口），晋太元三年（公元378年）改称汝南县，隋开皇九年（公元589年）更名江夏县，迁治郢城（今武昌区）。清康熙时设武昌府，下辖江夏、武昌等十个县，其中江夏县下辖金口、纸坊、青山矶等五个镇，民国元年（1912年），废武昌府，改江夏县为武昌县，1930年后隶属湖北省第一专署，1975年11月划属武汉市，1995年改武昌县为江夏区，恢复了这一古老的名字。

从古至今，武昌和江夏，两个地名曾经相互替换互为归属，所以人们也将大范围的武昌称为“古江夏”。

江夏区位于长江东南，武汉三镇西南，过巴蜀或湖广，来楚地或经过楚地去秦关中（陕西）或去吴地，无论是水路还是陆路，必得经江夏入武昌城，然后转道北上或东去，所以又称它为武昌（明代称江夏）的南大门。平野上，大江边，古城、小镇星罗棋布，今天武昌城的“卫城”，古时江夏郡的属地，长江经济商贸繁盛时期的缩影，古战场、古城池、古街道、古驳岸（江堤）、古民居、古寺观、古瓷窑、古墓葬……一千八百年的战争与和平的轮回，金粉沉埋的一块土，千年的繁华已经沉寂。

往江夏区的东北方向走，阔大的平原上丘陵起伏，地理学上称为“岗垄平原”。龙泉山隐在青山黛水之间，藏龙卧虎一千三百余年。人们来到此处，就如走进悠远的历史，在苍苍茫茫的山水之间，在断壁颓垣的陵园之间，倾听古老时空的对话。

楚王陵（昭王陵）

龙泉山明楚王陵——明朝（公元1368—1644年）江夏（今武昌）九位楚藩王的陵寝。具体地址在江夏区梁子湖的西北岸，距武汉市区仅30公里，纸坊镇东20公里的龙泉山天马峰下。它迄今已有470多年的历史，建筑形式与北京十三陵相仿，为中国中南地区稀有的明代帝王墓和明代建筑群。

在中国古代历史中，明代君王是一个极爱修造陵墓的皇室世家，重要的明皇陵和明王陵共有六处，分别是：北京明十三陵、南京明孝陵、安徽凤阳中都明皇陵、江苏泗洪明皇陵、湖北钟祥明显陵、湖北江夏明王陵（也称明昭陵）。

这六处皇家寝陵，修造格局各有千秋。其中，南京明孝陵，地面陵园保存完好；北京十三陵，地宫发掘令举国惊动。湖北江夏明王陵最令人瞩目之处，也许是最大限度地发挥了环境于建筑的作用——可以这么说，明代六处皇室陵寝所在地，江夏龙泉山的天然地势是最好的。

《江夏县志》载："龙泉山古称灵泉山，因灵泉寺山中有色碧味甘的清泉潭而得名。"从平原驱车来到龙泉山脉，天青、水绿、山碧，空气清新湿润、植物丰茂翠碧，即使冬天也少见枯枝败叶，典型的中国南部亚热带风景。

龙泉山诸峰，包括云山、大龙山、二龙山、龙嶂峰、玉屏峰、天马峰、马鞍峰等山峰——湖水三面环围，有牛山湖和三汊港，东面的梁子湖因盛产"武昌鱼"（鳊鱼）而闻名于当世。南北两条山脉相交的凹地，即山间盆地，古人称为"二龙戏珠"。

汉高祖刘邦将武昌（鄂州）赐予樊哙为封地，樊哙死后，葬于龙泉山（原名灵泉山）天马峰下。自那以后，龙泉山的名声与日俱增，一些崇尚山野风光的富豪以及文士，纷纷地从喧嚣闹市迁来幽静的龙泉山内建房隐居，渐渐形成街市，除了单纯的隐逸之士之外，也引来了市井之人，如行走的商人和前来谋生的乡民，时间一长，灵泉古市便诞生了——清同治《江夏县志》记载："灵泉古市始于汉，迄唐宋而兴盛"。

汉、唐、宋、明，四个朝代，迁来山间谷地居住在达官贵戚多不胜数，著名的樊、李、杜、张、沈、曾、董、邹八大家，都是退隐闲居官吏，仿效王维辋川别墅，在这青山秀水之间，建起十二大景观，如唐代宰相李奚的"万卷书楼"、宋代诗人张芸臾的"含山楼"、元代宰相沈如筠的"万寿台"等，或轩昂或玲珑，或古朴或金碧，山光水影、红花绿树的风景映托着。但是今天，我们来到这里，苍山依旧，碧水依旧，历时四朝的市井民居城镇街市杳无踪影，只剩山脚处已成废墟的明皇陵。

为什么？

楚昭王朱桢是明太祖朱元璋第六子。他出生那天，飞马快报传来，前线攻克武昌（当时鄂州），朱元璋大喜，说："将来等我这个儿子长大了，一定封他为楚王。"洪武十四年（公元1381年），朱桢17岁，果然被封为楚王。他来到武昌，在蛇山之南，大兴土木，建造楚王府，八年完成全部施工，宫室巍峨，上与浮云齐，遮天蔽日，占据当年半个武昌城。

燕王朱棣夺位之后，为了一方自保和终身富贵，对于皇权北迁的新主子，楚王朱桢拿出韬光养晦、谨慎小心的奉迎姿态，令明成祖念及“手足之情”而“怀柔”，于是安享富贵荣华，镇守武昌四十三年，得以善终。史料记载，楚王及子孙，世代居武昌城，生活奢侈，吃穿讲究，衣食住行，起居坐卧的习惯和礼节，事无巨细地成为传播于市井坊间的流言闲话，于是，武昌城中，以及长江对岸的汉阳，还有后来渐渐形成街市的汉口，三镇居民竞相仿效楚王宫室的衣装饮食，历经数百年来形成市井民风。

封藩王位于封地的那一段统治时期，也正是帝王文化向民间传播的时期，比较纯粹的中央集权制，藩属地的统治者的私人生活方式更容易流入到中下层社会的民众中间去。

四十余年来，朱桢在蛇山（当时名观音山）楚王府，日复一日快乐逍遥，即便是仙山琼阁、酒池肉林，天长日久终究要感觉憋闷，其间，自然听说过灵泉古城的名声，从此每年夏季城中暑热难耐的时候，他就来离武昌没有多远的山间谷地避暑，那时候，龙泉山已经经历了唐、宋、元三个朝代的建设，虽位居深山僻地，但是，城居市廓的繁华、山间水泊的灵秀，让这位位高权重的藩王心底非常艳羡，常常叹息道：“惜乃阳宅，若为阴宅极佳”——意思是：这么好的一块风水宝地，可惜被活人占着居住了，假若能成为我死后的陵寝之地那就最好了——就是这一句最不讲道理的话，成就了明代六大皇陵之一，江夏明王陵的由来。

当年，朱桢倚仗皇室权势，使出各种手段，逼迫灵泉城中数千户居民搬迁到山外，然后将一个活生生的民居古城规划成王陵之地，开始朱氏藩王的江夏王陵建设工程。其工程巨大，可想而知，断断续续，前后历时二百年之久。朱桢死于永乐二十二年（公元 1424 年），封昭王，葬龙泉山，陵称“昭园”。自他之后，他的后代，子子孙孙随葬于此，昭、庄、宪、康、端、愍、恭、巴陵卓简九王的陵寝与陵园都在龙泉山。

九王陵大同小异，都是由中央神道（直行道）和东西御道（横行道）十字相交，贯通整座墓园，然后由荷花池、宫殿、配殿、神帛炉、地宫等地面、地下建筑前后高下连串而成。其中，天马峰下占地100余亩的昭王陵最为富丽：除园门、城墙之外，还建有石龟托碑的碑亭；从汉白玉和白凡石浮雕砌成的拱形城门进入，一路行去，一平方米宽阔的白凡石路面晴天丽日里亮得耀眼；经过金水河上的白石拱桥、朱氏皇堂、享殿、拜台等一系列彩绘朱碧红橙金紫的明代建筑群，最后终点在地宫之顶。

曾经，明王陵的地上宫殿早已在兵荒马乱的朝代变迁中被废弃于荒山野谷，也许是因为所处地偏僻的原因，尚有部分建筑残迹零落荒地却依然保存完好，汉白玉的柱栏和九龙柱头、凸浮的雕花石刻，散落在幽静的空山深谷，绿树绿草层层叠叠依然覆盖不住，呈现出当年皇室雕工的精致与华美。

目前，由地方政府主持的龙泉山王陵的修复工程正在加紧进行，不久，一座宏伟的明代建筑群将会逐渐显露在江夏龙泉山旅游区，其中包括明王陵地上宫殿和地下宫殿，以及唐、宋、元几个朝代的名人墓葬群与其

江夏龙泉山

他古建筑遗存。

前年，一群人同游江夏，来到龙泉山时天色已晚，落日西沉，映入眼帘的是苍黛色的山、土红色的墙、乌灰色的瓦、棕褐色的石碑，昏昧不明的周遭的风景。

同行者说："不早了，回家吧。"于是驾车回市区了。

蔡甸风华录

春秋时期，长江、汉水在古云梦泽中部、今江汉平原南端相交汇合，如伯牙和子期之高山流水相遇……那时，“江汉之交”一片大水，江、河、湖，交错纵横，汪洋恣肆，看不到边际。巍巍兮高山，汤汤兮江河。沧海桑田数度轮回，湖水干涸，沙洲浮起，于是有了蔡甸镇。

从长江流域到黄河流域，从楚地到中原，汉水贯通中国南北，战争、联谊、通商、贸易，出秦岭，止江汉，一千五百里水道，最后的驿站在蔡甸。

地方博物志、山水见闻录，古人的记载比今天人多，官方曾派专人编撰典籍记录，民间有文人以诗书记录，历朝历代传承，不以朝代更替抵消前朝典章史记，即便是束之高阁也好过焚书坑儒……如果那样，历史的链条就断了。

中华文明史，说它五千年也罢，说它三千五百年也罢，和世界其他地域的远古文明相比，我们高在哪里？不是起源时间的早晚，而是从古至今没有断绝：文字传下来了，史书文章传下来了，思想体系传下来了，生活方式和民间习俗也传下来了……所以，中国人才有立于世界之林的资格。

近现代以来，因为战争和别的原因，一方面是图书文物的散失，另一方面是历史记录的缺失，大家忙西忙东好多年，天下太平的日子来临，精神松懈了，心情平和了，静下来想想，我们的生活，好像少了一点什么。

我想，这就是《蔡甸老镇记忆》的创作动因——修复历史、抢救历史，对当代人来说是一件非常重要的工作，弥合中华文明史的链条，承上启下，人人尽责，以史为鉴，后人需要这一面镜子。

人类是忘性的动物，数十年前发生的事，当时痛入骨髓，过后忘记干净——对于个体来说也许算不上什么，对于群体来说，因忘记过去而付出的代价会相当惨痛，如发动“一战”继而发动“二战”的德国人。

回到这本书。

《蔡甸老镇记忆》，为的是让人不要忘记过去，抓住人们对前朝往事的最后一点记忆，不让它在不舍昼夜的时光流水中消逝，予地方，予时代，其意义之长远，在以上我的文字中已经表述清楚了。

应邀作序，我很荣幸，书稿拿到后一口气读完，很好的一本书，故事叙述得好，文字表述得好，严谨认真，生动有趣，两者结合得很好，胜过我读过的好几部大城市城市史写作，不艰涩枯燥，不拿捏腔调，没有空话大话套话，从头至尾三十个篇章，每一个篇章主题明确，该长则长，该短则短，话说清楚，文字戛然而止，绝不拖泥带水，颇具明清小品功底。

蔡甸古镇，建镇一千三百年以来，因为其特殊地理位置，处江汉平原之地，扼江汉咽喉之道，商贸流通，物产富饶，经济发达，市镇建设完备，当年人称“小汉口”，华中内陆“下汉口”的跳板，由此经行，通江淮、通湖广、通四川……当年灿烂风华，今天纸上重现。

关于这个古镇，山川地理、历史人文、古代传说、近代故事、社会政治、经济商贸、建设建筑、文化娱乐、生产生活、民间习俗、人情世故、人物传记……什么都说到了，什么都写到了，说它是地方志，不像；说它是风物录，也不像，总之是一本包罗万象的书，令我想起清末范锴的《汉口丛谈》，年代更早的还有宋代孟元老的《东京梦华录》。

不过《蔡甸老镇记忆》并不单写市井风俗、逸闻趣事，而是将县志（指汉阳县）和民俗记以检阅史册和口述实录两种方式结合成书，所以（较上述举例两卷古书）涉及更全面，内容更丰富，经济政治、社会生活，全都兼顾到了——镇子外的山岭、镇子前的河流，街巷的青石、宅邸的黑瓦，寺院道观、名胜古迹、堤坝桥梁，百工技艺、商贸经济、文化教育、衣食住行、婚丧嫁娶，古代知音传说，现代革命故事，上下几千年，以近现代五百年历史为重点，如一位技艺精妙的说书人，声情并茂娓娓道来，道尽从古到今事无巨细的一切。

蔡甸，我熟，婆母的娘家亲戚住镇子顶头毛巾厂旁边的湾子，湾子连接田野，来过好几次，20 世纪 70 年代，本地民风犹存，开酒席吃圆子，红白喜事礼仪周全，但是已经不见古镇古街风韵（也许当时我没有去到）。数年前参与编撰《武汉湖泊志》时，我随同编撰组再来蔡甸，旧貌换新颜，眼见风景变得完全不认识，大马路，大高楼，后官湖湿地公园漂亮得超过武汉中心城区湖泊公园……这是我见到的近半个世纪的蔡甸，和半个世纪前的老蔡甸，也就是书中写的蔡甸老镇，风光人物大不相同——六十年风水轮转，所以更觉此书珍贵。

本来文章可以就此结束，但是想起一个故事，这里多说几句。

1911 年 10 月，辛亥革命武昌起义成功，收复武汉三镇，宣布成立新政权。北京清王室不甘覆灭，派遣军队大举南下，阳夏保卫战开始。清廷重臣袁世凯授令冯国璋全权指挥北洋军沿京汉铁路攻入汉口闹市，革命军退守汉阳拼死抵抗。北洋军另一路军队两千人，由孝感到新洲渡汉水占领蔡甸，11 月 20 日从蔡甸进军攻打三眼桥，11 月 21 日北洋军、革命军于三眼桥激战。同一天，冯国璋军队从汉口舵落口渡河，与蔡甸方北洋军成夹角之势联攻革命军，一举攻下汉阳城，革命军退守武昌。袁世凯主动权在手，南北议和顺利进行。

一场大战，一个小镇，一张棋盘，一枚棋子，牵一发动全身，执子黑白看棋手。

城·品

2017 年在昙华林

江南江北古刹古观

城市繁荣则梵林兴盛，明清时期也是武汉江南江北四大佛寺昌明兴盛的时期。

始建于唐贞观年间的宝通寺、金元年间结庐此地的长春观、清顺治十五年（公元 1658 年）的归元寺、清光绪三年（公元 1877 年）的古德寺，江南江北，武昌、汉阳、汉口，古刹和古观，法相端妙，殿宇深沉，藏经匿宝，或掩映于市井深处，或坐落于山林幽处，经历朝代更迭，饱经天灾人祸，屡建屡毁，屡毁屡兴，千年百年，香火兴盛，钟鼓绵延不绝于武汉三镇。

道教福地——长春观

从长江北岸乘车过江，走武汉长江一桥，经武昌桥头的蛇山之上的黄鹤楼公园，折到彭刘杨路，从湖北剧院的大玻璃幕体侧边绕过首义广场上武珞路——这条大道从东至西横贯整个武昌市区，是武汉市最为繁忙的交通干道之一。

过大东门立交桥，车窗左侧依然是蛇山的余脉，逶迤缠绵，一条头朝东尾朝西的卧蛇将武昌城分为南北两半，已几千年之久。长春观就坐落在蛇山中段，从车窗往外看去，只见上上下下的山岭，夏天高高低低的一片绿色，冬天下雪的日子，高低上下一片雪白，春花和秋月的季节自不消细说了——山门洞开，殿阁重重，乌瓦红墙，飞檐翘角，从山脚直到山顶，逐级升上去，如一幅巨大的工笔界画，笔墨精细、青绿彩绘的古代山水殿阁图，从山上直垂到山下——长春观给予游人最大的观赏价值正在于此，当你还未走进山门之前，你可以站在路边，隔一段适当的距离，立体地、全方位地欣赏这一整座历史悠久的古建筑群，这一处算得上是“天造地设”的美景——蛇山山脉双峰山上下，双峰相交处的南坡微凹，恰到好处地放置了这一大片古朴神秀的层楼叠阁。如果换成别处，不会有这样一种美妙的感觉。

今天，人们看长春观，觉得它简直就在喧嚣闹市的中心，前山门正对武珞路，左侧院墙下临中山路，与宫殿庭院一墙之隔的外面，日日夜夜，人声鼎沸、车水马龙，似乎与道家远离尘嚣、虚化三清的意境相去得远了一些——好处是游览方便，路边下车，几步台阶上去，便能“登堂入室”，遍游三十座殿堂景观。

武昌长春观

今天的长春观的所在，不等于古时的长春观的所在——千百年来，它所在的位置没有变，但是它所在的环境变了，这样一种变化，对于一座传续千年的宗教场所来说，可以用“物换星移”“沧海桑田”这样的词来形容也不为过。

根据最早的传说，老子从鲁地来到江南，在今天的蛇山设坛传道，想象那时一片茫茫太苍、荒山大湖，说不尽楚地天青地碧；东汉末年长江边黄鹄山建夏口城，双峰山位于夏口城城墙之外，传说这一带的山坳中生长着一大片青翠茂密的竹林，所以被称这里为“紫竹岭”。宋代理学家朱熹从江西游历至湖北，当时，武昌古城（当时名“鄂州”）已经非常繁华，他在《鄂州社稷坛记》中对长春观今天的所在地有过记录：“（鄂州）城东黄鹄山，废营地一区。东西十丈，南北倍差，按政和五礼画为四坛”；后来才来了元代著名道家传人丘处机——金庸的武侠系列成就了“丘道长”在今天人们心中的知名度——丘处机出东城门，在城外双峰山南坡，寻到一块林木茂密、野花盛开的谷地，结草庐住下，日夜修炼，精深道行，自称“长春子”。后来，他的弟子在他结庐处建观，取名“长春观”，以示纪念。

曾经，双峰山另有个名字叫“松岛”。明末清初，江汉之地，三镇鼎立，商旅繁茂，城墙团团围住武昌古城，长春观建在东城门外的蛇山南麓。当年，这一片山峦谷地风景非常幽寂，山上松柏遍生，周边湖泊环绕，山青水蓝，天光日影，闲云野趣，沿湖渔港错落，舟船过往如梭——长江中游繁华商埠之都，自然能引来东南西北的香客如蚁，所以被称为“江南道教福地”，其间的根由不须言说。

今天，双峰山还在，长春观还在，宫室楼阁香火香客还在，但是再也看不到峰峦之下的湖泊、港湾和船帆，城墙拆了，城门毁了，城外和城内连成了一片，湖泊干涸变成陆地，城外的乡野变成城中的闹市。沧海桑田的轮回，有时长，有时短。

清咸丰二年（公元1852年），太平军攻打武昌城，以城墙之外的长春观为攻城指挥部，先攻下汉阳和汉口，后攻下武昌，最后以“邪教”“妖

长春观会仙桥

迹”之罪名毁掉长春观和宝通寺。

今天的长春观，于清同治三年（公元 1864 年）重新修造，仿明永乐十二年（公元 1414 年）及清康熙二十六年（公元 1687 年）的建筑样式，抹去历史断层，接续两千年道教传承，自那以后，武昌城内外，蛇山上下，古风古韵，悠然传承至今。

千年古刹——宝通寺

从旅游图上看武昌，宝通寺和长春观，这两处景点，同处一条直线，从长春观前上武珞路往东前行，数里之遥便到了宝通寺。一条极为便利的旅游线路，没有一丁点的转弯抹角。古时候不可能有车流贯通的武昌交通要道武珞路，之所以这两处宗教建筑在长江以南（地理上应为“长江以东”）如此建造，主要是因为横贯武昌（当时武昌古城外）的山脉的走势。

长江南岸（其实是东南）的武昌湖多山多，河湖相间、垄岗交错，地势偏高，城内号称有“十三山”，其中最著名的三座山是蛇山、洪山、珞珈山，现在都在城市中心区。从地图上看，蛇山在西，洪山在东，珞珈山在东南。

蛇山最著名的园林建筑是黄鹤楼公园，洪山最著名的园林建筑是宝通禅寺，珞珈山最著名的园林建筑是武汉大学。

武昌建城，从长江边蛇山山头的黄鹄矶开始。城市规模，先朝蛇山南北两侧扩展，后朝蛇山以东扩展。所以，蛇山黄鹤楼建设历史最古久，然后是洪山宝通寺，最后是武汉大学……

宝通寺位于洪山南麓，山门朝向车马川流的武珞路，与长春观的建筑方位一致。

它最早建于南朝刘宋年间（公元 420—479 年），距今约 1580 年，是武汉三镇寺庙之中，历史最为久远的一座。明成化二十一年（公元 1485 年）定名为宝通禅寺，之后数次毁于兵火，最近的一次在清咸丰二年（公

宝通寺位于武昌古城郊外

元 1852 年）——今天所见规模，于光绪年间及同治年间所建，后来又被损毁过多次，如“文革”时期。

记得几十年前来洪山，路边是山门，门前有对相貌威猛的大石头狮子，后来才知道是明代的，层层石阶上去，只见寺庙颓败，宝塔灰暗，林木枯萎，一片萧条景象。近年，政府拨资维修，才有了今天的金碧辉煌。

武汉三镇佛教江南江北四大丛林，除武昌宝通寺之外，还有汉阳归元寺、汉口古德寺、武昌莲溪寺（曾被毁，近年重建）。无论是其建筑格局，还是藏珍匿宝，都可说是“各有千秋”。宝通寺内最令人瞩目的，自然要数洪山宝塔。

武汉市市民，无人不知宝通寺，无人不知洪山宝塔，一年三百六十五日，从汉口或汉阳过长江到武昌，或上班上学，或探亲访友，见到宝通寺就在路边，“宝通寺”，就是这个路站的名字。公交车上下的人，在拱形的山门前面，探头望去，殿阁层层依山而上，仰头望去，宝塔巍巍背山而立，林木森森，山石峻峭，金彩辉映，别是一层洞天福地，和身后的车辆过往的街市，街对面的灯火辉煌的商厦，似完全不在一个世界；尤其是洪山宝塔，累累砖石尖角四射的塔身，从苍穹间向人间俯下，站在喧闹繁华的大街街边望去，让人不知今夕是何夕？

洪山宝塔，原名灵济塔，元代建成，共有七级，取“七级浮屠”之意。宝塔先为砖木结构，但山间潮湿，日久容易溃烂。1865 年，湖广总督署和湖北巡抚决定集资重修。1871 年施工，改砖木结构为石结构，建铁护栏，耗铜 6500 公斤铸造塔顶，全部工程于 1879 年竣工。今人所见的金顶宝塔，是原来清末年时的建筑。

沿石阶盘旋而上，可达顶层，俯瞰大江南北武汉三镇——登高而小我，登高而小天下，与黄鹤楼登临是全然不同的感觉。

宝通寺千年之魅力，在于历史，在于建筑，在于宝藏，在于灵性，在于人心，在于香火，也在于背衬的山峦美景。所谓人与自然和谐共生，建筑与自然的关系也一样，相生相依，相辅相成。寺内泉水涌出，殿侧古木参天，修林茂竹，奇石摩崖，走一步一处古迹，走一步一段故事，佛徒、

洪山宝塔

圣人、将军，神和人连带在一起，融入山间寺庙的风物景观中，于是变成了寺庙的传说。从古到今，历经几朝，历史绵延不绝，传说绵延不绝，山川景象和人融为一体，也许这是寺院永不衰老的秘密。

作为一个武汉人，我只听说宝通寺的素菜非常好吃（没吃过），长春观的素斋也一样（也没吃过）。

皇家寺院——归元寺

归元寺坐落在汉阳翠微路的西端，以佛经中“归元无二路”命名。最早建于明末清初，占地 70 亩，建筑面积约 2 万平方米，现存殿堂 28 栋，分为五个院落，年代悠久，规模宏大，环境幽雅，殿堂华丽，数百年来，香火旺盛，香客云集，名扬海内外。

曾经，归元寺是一座普通民间寺院，传说清道光皇帝赐玉玺一方，由是荣升为皇家寺院。

开山祖师是白光、主峰两位俗家同胞兄弟。他们游方到汉阳兴国寺，不仅钻研佛经，又身体力行，积善行医，起死回生，三载有余，不敢稍有懈怠，真正念好了救死扶伤、济困解厄、普度众生的真经。真诚的善举感动了汉阳黎庶，民间纷纷出钱为他们修建了归元禅寺。道光皇帝欣闻白光、主峰行善积德，亲赐玉玺一方，其上以阳文篆刻“敕赐曹洞宗三十一世白光主峰祖师之印”，以嘉其行。

康熙元年（公元 1662 年），白光法师离开汉阳去京山（今湖北京山）兴建佛寺，弘扬佛法。

康熙三年（公元 1664 年），主峰法师登座，成为归元寺第一任方丈。

康熙十七年（公元 1678 年）和康熙二十二年（公元 1683 年），主峰法师和白光法师先后圆寂。

史籍记载：白光、主峰兄弟并非道光年间人。道光皇帝赐印是否传说？我不清楚。我认为，归元寺的兴盛也与清中晚期武汉三镇占据口内通商贸易的主流地位有关系。

今天，来到归元寺，举头望向山门上方，蓝底金字的直匾，“归元禅寺”四个大字，由光绪皇帝敕赐于光绪十三年（公元 1887 年）——也就是说，归元寺享受皇家寺院的待遇应该在清晚期而不在清中期。

寺院内浓荫满蔽，池塘红荷盛开，朱檐金阁，翠瓦红墙，高低层叠，

汉阳归元寺

绚彩辉煌，暮鼓沉沉，晨钟悠悠，伴和着隐隐约约的诵经声，带来古旧而神秘的美感，黄昏中更觉苍凉沉郁。

寺内有大雄宝殿、藏经阁、罗汉堂、铜质观音像、白玉佛等胜景圣物，其中最为著名的是罗汉堂内彩绘脱胎漆制作的真人般大小的五百尊罗汉，名满天下，可以称为举世罕见的佛造像（群像）珍品。民间有谚曰："上有宝光（成都），下有西园（苏州），北有碧云（北京），中有归元（武汉）"，只有这四座寺院的五百罗汉堂才称得上佛家的至宝、艺术的精华。归元寺的罗汉以形象生动、神采飞扬、充满浓厚的生活气息让人感到生命的力量和人生的灿烂。归元寺五百罗汉是湖北黄陂县王氏父子用九年时间塑成的。工艺上采用"脱胎漆塑"，又称"金身托沙塑像"，即先用泥胎塑成模型，然后用葛布与生漆逐层粘贴套塑，称为漆布空塑，最后饰以金粉，这样制作的佛像抗潮、防蛀，经久不变。1954 年闹洪灾时，罗汉堂曾"水漫金山"，没入水中的罗汉满堂漂泊，但罗汉依然"金身不坏"，归元寺的罗汉自然声名远播。

归元寺罗汉堂

曾经从翠微路去归元寺，车至钟家村，街面上的灯光衬着空间的幽暗，非常的美，而且，这种美是和冬天寒冷的空气融在一起的，同时融入的，还有温润的街市，让人忘了去归元寺的路。

昏暮的夜色中，在陌生的街道边，我问两个放学晚归的小女孩：“归元寺是否从这条路上走?”心里也笑自己。翠微路横在眼前安静得如同荒野，一直喜欢这路的名字，李白有诗：“暮从碧山下……苍苍横翠微……”半个世纪前，从脚下的这一条路走过——全是土路和石板路，路边是青瓦木户的民居，发黄泛旧的色泽在记忆中也是很模糊的。

阴历年（春节）前后，往归元寺祈福的信男善女络绎不绝，报载某年初一，还有初五的凌晨，武汉市民约四十万人涌入寺内敬香，有关部门不得不出动3000名保安维护秩序。

2007年1月，名满三镇、深得俗众信任喜爱的归元寺住持昌明法师圆寂，2016年11月27日，隆醒大和尚荣膺归元寺方丈升座法会举行，前来祝贺的全国诸山长老有200人。

这座三百六十年历史的寺院，俨然为武汉“梵林之首”——“亲民”，自然是其中最重要的因素。

缅印古风——古德寺

汉口古德寺是一座佛寺，但它和中国汉地文化圈的佛寺建筑风格迥然不同，非中国古典建筑模式，而是纯西洋建筑（指建筑方式和建筑材质）；非中国古典寺庙风格（木架构重檐歇山式等），而是说不清的一种东西混杂的建筑风格（下面细述）；非清中叶以前的古建筑，而是始建于光绪三年（公元 1877 年），重建于 1913 年，完工于 1931 年的近现代建筑。它存在的意义很独特。

古德寺大殿

古德寺最初建于清光绪三年（公元 1877 年），原名“古德茅蓬”，坐东朝西，占地面积将近 3 万平方米，包括花园、草地、紫竹林等大面积园林；建筑面积约 8000 平方米，包括山门、僧众居屋、四大天王殿，中庭院落，然后是可容千人的大雄宝殿等。所有的建筑物都是依照汉地佛教文化圈的传统定名，但是所有的建筑样式都是你无法想象的。

首先，它是全砖石结构（后为钢筋混凝土结构），主建筑看不到一根外露木质梁柱。

> ……其大雄宝殿最具特色，顶部有征九龙拜圣的九座佛塔，96 个莲花墩，及 24 个诸天菩萨，为我国佛教建筑中唯一的仿缅甸“阿难陀寺”形式所建造的大殿……

据说，类似建筑风格的佛寺国内仅此一座，东南亚地区也只有两座云云。

所谓的“两座”，另一座指的是缅甸蒲甘时代的阿难陀寺。

我在网上找到一张阿难陀寺的并不清晰照片，对照着看，想了解一下两座佛寺的差异和相似之处。

在我看来，古德寺和阿难陀寺相似的地方是，都是以方框形砖石结构为主体结构，以及都有柱廊作为大殿的支撑。

相似处多，不同之处也多。

阿难陀寺为山地建筑，外墙为砖石，内厅凿山成窟（石窟建筑进化版），是一座千年古建筑。

古德寺为平地建筑（汉口湖泊填土成陆地），砖石加钢筋水泥架构，与石窟没半点关系，是一座百年历史的近现代建筑。

阿难陀寺主建筑外墙封闭，开窗不大，主入口处有内框尖矢状拱门。

古德寺主建筑外墙透空、回廊环绕，内外墙壁有玫瑰花窗和尖矢状长窗。正面主入口处有内框马蹄形拱门。

从屋顶的造型来看，两座寺庙的区别也是非常大的。古德寺大雄殿建在一个高出地面的正方形的花岗岩基台上。也许在当初建寺时，大殿正中为整个寺院的中心轴，这是印缅佛寺的一种建筑程式，东南西北四面建透空柱廊，以尖拱立柱为一间隔，每一个拱券之上开有一大二小三个圆形花窗。

柱廊里的立柱，与印缅地区的柱廊以及欧洲古典柱廊相比较，样式都不相同——不是圆柱体，而是异形立方体，三根柱为一组并列而立，中间一根为凸字形且宽粗，另外两根为方形；每根立柱的柱壁雕塑成凸凹方块图案；每一组立柱之间，间隔穿空，上覆拱券。立柱挺拔，直托大殿的檐下。

柱廊里面墙壁开窗，窗上雕花，沿着柱廊绕大殿一周，凡是有砖壁处就有镂空雕刻，密密繁繁的雕花连绵成片，花团锦簇令人目不暇接。可以想象，一天四时，晨昏昼夜，日光、月光穿空廊而过，洒在大殿的墙上和围廊的地上，花影浮动，纹络重叠，宛如人间仙境。

古德寺重建于20世纪初，建成于20世纪30年代，引入欧洲哥特教堂的外部装饰及内部空间构筑，四面开窗，以透空雕花窗引入室外光线，以达到光线在室内的透射效果，属于典型的哥特教堂风格。

世界建筑艺术，除中国大陆数千年来墨守成规，不与外面的世界沟通而独立一体（覆盖面有日本、朝鲜、越南），欧洲、北部非洲、西亚、南亚、东南亚，后来的美洲和澳大利亚等，早已于两千年内相互融合、交流、混杂为各种求同存异的艺术体系了，其中包括希腊、罗马、波斯、拜占庭、哥特、巴洛克等欧洲古典风格，还有阿拉伯地区（即伊斯兰风格）、埃及、印度、缅甸等地域性文化相同或相异的各类建筑模式。其中，文明的碰撞和交融，通过战争与商贸，从公元一世纪就开始了。

世界之大，我们之小。

古德寺在“文革”中遭到严重破坏，佛教文物和宗教设施全部被毁，从1974年起，古德寺的土地、房屋被武汉照相机厂占用，山门拆毁、围墙断裂、大殿安装机械设备，寺内原有的一片紫竹林全部被铲平。

1995年，武汉市政府拨款300万元重修古德寺，1996年，古德寺重兴宗教活动，但是，原有的3万平方米土地很难归还。

2006年5月去古德寺的那一天，受到寺院住持林德法师的热情接待。

我其实很早就知道古德寺，读高中时，一个班上有四个同学住黄浦大街这一带，其中住在上滑坡路的就有两个，他们在古德寺从小玩到大，其中一个女同学和我最聊得来，她好多次对我说起古德寺，她说，那一个寺院真美，有一个大院子很幽静，夏天，拿一本书，进里面去乘凉，真是再好不过的事了！

1954 年 10 月，印度总理贾瓦哈拉尔·尼赫鲁访华从北京来武汉，女儿英迪拉·甘地（1966 年当选为印度总理）同行，父女二人专程到汉口参观古德寺，因为听说中国武汉有一座印缅风格的佛教寺院。

缅印风格建筑

武汉大学

武汉大学被称为“世界上最美丽的大学”，是因为它的校园环境和校舍建筑。

当年，古武昌城城圈，东面至观音山长春观而止，一圈厚厚的青砖城墙、两扇厚厚的黑漆铜钉的城门相隔，城内是灯红酒绿的市井，城外是红花绿树的乡野。

武汉大学位于当年武昌城东郊，一个有山有水的好地方。

长江中游垄岗平原的地貌特征是“山不在高”，不高的山峦在平原上连绵起伏，不觉崔巍，更显秀媚。山与山之间，大大小小的湖泊星罗棋布，远看如古人所作青绿山水的长卷。

武汉三镇之中，长江南岸的武昌地势最高，境内湖泊众多，山岭连绵。20 世纪初，珞珈山还是一座荒山，距离城市远，距离城镇之间的道路也远，没有风景名胜，也没有居住村落，只有一片与世隔绝的空山淡水。

珞珈山，原名落驾山，也叫罗家山，武汉大学建成之后，闻一多来校担任文学院院长时，改名为珞珈山。山形半弯，一侧临湖，另一侧与狮子山相连，形成“∩”形山脉，秀峰蜿蜒，浅谷平坦，乱花杂树五色缤纷的山间有春夏秋三季流连。

珞珈山的自然之美除了山本身之外，还有与山紧邻的那一片大湖——武昌城东郊的东湖，平野上摊开得漫无边际，珞珈山在湖畔立着，玲珑精致的影子映入广漠浩大的湖水，空间辽阔而静寂，这样一种美，是自然的，也是精神的，这就是武汉大学的美丽之源。

武汉大学建校之后，东湖的开辟随之而始，二十年后，东湖风景区在与武汉大学半湖相隔的对岸建成。

1928 年，李四光和叶雅各来到这里，被这座紧挨着一片大湖的山凹之地吸引，认为是武汉大学新校最理想的建校基地，此后才有了珞珈山的今天和现在的武汉大学。

从建筑学上来说，这是一个不因循守旧的选择。山岭凹地，地质结构复杂，工程难度可想而知。欧洲和美洲的几所世界一流院校，自然风光与建筑人文两相契合的，如英国的牛津和剑桥，美国的哈佛和耶鲁，都是平地上建校舍，即使地处丘陵山地，也要避开峰峦凌厉的山脊。但是武汉大学偏偏就别具一格，依着山的走势，顺着水的形态，在山与水之间，在山与山之间，在山的峰岭坡谷间兴建起一座前所未有的规模宏大的建筑群。

山顶、山坡建教学楼和宿舍，山谷、凹地建运动场和花园。仰望，巍峨高耸的绿瓦宫阙，俯视，花木扶疏的园林和平坦整洁的操场，模仿古希腊剧院高下呼应的圆形阶梯式建筑模式；以山顶图书馆为中轴线的顶端，

武汉大学图书馆

左右平行上下有序的建筑排列，模仿古中国殿阁中轴对称的矩形排列式建筑模式。

设计师凯尔斯，美国人，麻省理工学院毕业，一个极其迷恋东方文化的西方人，在完成这项工程的设计规划之中倾注了一种近乎使命感的热情。东方的建筑形态，西方的建筑构架；东方的风骨，西方的血脉，东西方文化在这里融合得自然又和谐。

整个工程由汉协盛、袁瑞泰、永茂隆三家营造厂以及上海六合公司联合承建施工。艰苦卓绝的施工过程，难以想象的困难和阻碍，断断续续，前后十一年，其中，宁波人沈祝三主持的汉协盛营造厂因此破产。

建成后的武汉大学包括工学院、体育馆、图书馆、文学院、法学院、学生宿舍、学生会馆、科学会堂、半山庐等，全部为砖混结构和钢筋混凝土结构，二至三层建筑。1929 年始建，1932 年完成主体工程，1938 年完成全部建筑施工。占地面积 200 公顷，建筑面积 7 万多平方米，耗资约 300 万银元。

武汉大学是中国近代第一所大学，建校历史悠久，超过 1895 年创办的天津大学和 1898 年创办的北京大学。其前身为 1893 年湖广总督张之洞创办的自强学堂，中国晚清四大学府之一，另外三所学府是张之洞创办的两湖书院（武昌）和广雅书院（广州），上海盛宣怀创办的南洋公学（上海等地交通大学的前身）。

湖北自强学堂校址在武昌三佛阁大朝街口，1902 年改名为方言学堂，校址迁到武昌东厂口。此后改为武昌高等师范学校（武昌高师），后改为武昌师范大学。1926 年 10 月组建成立国立武昌中山大学。1928 年 7 月，改组为国立武汉大学，组筹备委员会，李四光任建筑设备委员会委员长，缪恩创为校方总体建设监督工程师。1929 年开始在现址建设新校，历时三年大部分建筑完成。1932 年春，全校师生迁入珞珈山新校区。

1938 年 10 月，日本侵略军攻入武汉，武汉大学师生迁到四川乐山开课办学。武汉沦陷期间，日军占领武汉大学校舍为医院，校舍建筑因此而留存。1946 年 10 月，武汉大学迁回武昌珞珈山校址开学。

1948 年，英国牛津大学致函国民政府教育部，确认武汉大学文理学士毕业生平均成绩在 80 分以上者，享有“牛津之高级生地位”。

1949 年以后，人们不再将武汉大学所在的珞珈山认为是城外郊野之地，贯通武昌的武珞路经过街道口，珞喻路直达武汉大学校门口。

从武昌珞喻路到街道口，左转朝东湖的方向，就可看见“国立武汉大学”石坊，经过雪白的雕花石柱和横梁往里走，沿一条直道，走进珞珈山，也就是走进了武汉大学的校园。

半个世纪以来，城市圈不断外扩，武汉大学也划归于市区中心。记得几年前来这里，路边还看得见金黄的稻田、翠绿的菜地、开满荷花的湖汊和式样简陋的小木船，现在再来，一切都看不见了，田园渔耕景致变成规划整齐的绿地和花坛，其间树起一栋栋白色的新楼。

两山相交形成的一块凹地，一个躺下的“∩”形，开口处是从山外进入山间的通道，也就是进入武汉大学主建筑群的入口——波光粼粼的一池碧水，枝叶伸张的几株法桐，大片如丝的浅草，几畦如火的花木，三三两两的人，树荫下，草地上，坐着或是躺着。每一次来这里都看到、感觉到安静和安宁，如果在阴雨天，这样的感觉更甚，行人稀少的校园，空旷而静寂。所有的美都归还给你身外的风景，那才是真正的安宁。

右边一条路往山上走，松林和桂树的枝叶间滤出的几缕淡金色阳光，石路很干净，顺着山势缓缓向上，最先看到建在狮子山上的工学院，1934 年的建筑，主楼四角重檐，绿瓦翘檐，中国古典风格。沿着多层石阶向上进入大门，正立面为方框玻璃结构，现代主义风格，光亮直泻而入。两侧附楼覆罗马式穹顶，穹顶下悬着小小阳台。开裂的墙面缝隙间摇曳着几茎长草，饱经沧桑的样子。

工学院正面对着山坳处的阔大的运动场，站在工学院前面的白色石栏边，摄影机镜头可以收进对面山上与之遥遥相对的理学院。

我去摄影的那天正巧是夏季六月，毕业生即将离校的季节，几个穿学士服的女学生在石栏边拍照留影，黑袍红颜和蓝天下美丽的教学楼叠映在一起。

武汉大学老斋舍（学生宿舍）

绕运动场半圈，山坳的另一边是理学院，1930年的建筑，拜占庭式半球顶，如一只倾覆的巨型鸟巢。室内设有阶级式下陷的大教室，天花板和地面如同两只对合的碗。两侧配楼为化学楼和物理楼，之间有石廊相连接，歇山连脊式屋顶，立面墙上开着大窗，细柱条横竖间隔的窗棂和门漆着暗红色的漆。

山坡和山坳处林木森森，松树、杉树、樟树、梧桐树，当年叶雅各费尽心力地园林种植，终于在十年、二十年、五十年后荫庇了后来者。沿着林荫幽暗的山间小路走去，虫在叶片底下低鸣，鸟在枝条间扑扇翅膀，白色的野花密密匝匝开满一整个夏天。如果晚上在林子里走，荆棘会扯挂衣服和皮肤，远处青蛙的喧噪，四周漫无边际的夜色，让人看不到林子的尽头，直到云散开，水银的月光从头顶上的树梢处洒下，树与树的间隙中昏黄色的灯光闪烁，带你找到白色片石铺垫的林间路。

从理学院走出来，顺着山坡上的林间石板路来到武汉大学学生宿舍——老斋舍。

老斋舍由汉协盛营造厂营造。砖石结构，建筑面积为 3 万多平方米，有房间 300 间。依山的斜坡建起石头阶梯，既是向上的直行通道，又是每两幢单元楼体之间的连通横道。宿舍大楼立面为灰褐色的石质墙体，屋顶为单檐歇山式。

走进老斋舍一侧山坡上的稠密树林，脚下踩着润湿的苔藓，四周很静，高大的灌木丛将掌状叶片长枝条伸向路边，95 级石头阶梯顺着老斋舍侧边的灰墙从山脚铺向山顶。顺山势而上的这幢庞大老屋，圆形门洞的幽暗中有女孩走出，到明亮的户外晾衣物，蓦然间以为是古画中人。

武汉大学的学生宿舍和别的学校的宿舍很不相同，依山势而建，正立面一字排列开去，巨大而挺拔，气势很宏大，如是不熟悉者，根本就不会认为它是学生宿舍，而会可能是一幢联体的教学或教研大楼。站在如古城墙的宿舍楼的墙根底下向山上望，平直厚重的高墙和高昂锐利的翘角，粗犷庄严得犹如西藏高原上石头堆砌的庙宇。

武汉大学行政楼

老斋舍门前有一条平整宽敞的水泥道路，这是闻名中外的樱花大道。这是武汉大学校园主通道，沿着珞珈山山坡的底部纵贯武汉大学，两边连绵成行的樱花树，树枝悬垂在行人的头顶，每天每时，过往路人络绎不绝。樱花盛开在武汉大学的三月，那是一个绿色的、生命的季节，山是绿的，湖是绿的，树是绿的，草是绿的，山上山下的琉璃瓦顶也是绿的，樱花大道上的樱花盛开，一枝枝，一树树，一团团，一簇簇，灿烂的粉红色让人目不暇接。空中飘洒着樱花花瓣，纷纷扬扬地从高处倾覆而下，如花雨，层层叠叠地铺满道路，让人仿佛被裹在大堆的花瓣中，满身满头都是粉红色的花的精华，空气中飘荡着甜润的花的香气，每一片花瓣都似乎嚼碎在嘴里，用舌用齿才能尝得出那种柔嫩芬芳的味道——那个时候，你才能知道，赏樱花，光用眼睛是不够的。

从老斋舍正中的石阶踏上一条笔直上山的路，武汉大学图书馆就位于珞珈山的最高处。它于 1933 年建成，汉协盛营造厂承建，是一座华丽恢弘的中国古典宫殿式建筑，呈平面“工”字形，建筑面积约 6000 多平方米，正中间殿堂跨度为 18 米，单檐双歇山顶，八角形塔楼高耸。石基、石阶、石栏、额枋等处雕刻着精美的图案。

东、西两侧为文学院和法学院，建筑样式完全一样，单檐歇山顶，四层。文学院建于 1930 年，法学院建于 1936 年，两幢楼都为汉协盛营造厂营造。

翡翠色的琉璃瓦，白玉石的石台，天空透明，太阳闪烁着金属般的光泽，塔形松和古柏，美人蕉和夹竹桃，绿树红花——一幅巨大的印象派油画。

记得很多年前的一个夏天，我们在武汉大学园子里跑来跑去，年轻兴奋而且无人管束，每天傍晚爬上 95 级石阶，爬上图书馆的台基吹风乘凉，站在山顶可以看见山的另一边的风景，站在珞珈山顶纵览连天的湖水，那样的感觉终生难忘。

2007 年重来，顺着老斋舍正中的石阶朝山上走，上到山顶最后一级台阶，迎面看见图书馆熠熠闪光的琉璃瓦顶，阔大的廊檐下坐着两个年轻的学生，男孩和女孩，相拥亲吻，在正午的阳光下，旁若无人的样子。往里走，天花高拱的阅览大厅，静悄悄地，坐满埋头读书的学生。

樱花大道以下的山的凹处遍植花木，有桃花和玉兰。桃花开时，满坡满树，花朵鲜媚浓烈如丝绒。鹅卵石小径“之”字形上下山坡，石桌石凳散落在花树和草地之间，那里是人们常常歇息的地方，很多学生来这里复习功课，三三两两的，占住一张石凳和一片树荫，很快过去一个上午或一个下午。

学校体育馆在校园中心地带的另一侧，地上两层建于 1934 年，上海六合公司建造，西式山墙，中式琉璃瓦屋顶，轻型钢架屋梁。由运动场过去的大片学生宿舍区是樱园。

半山庐在山间林莽荆棘的深处，顺着山道往南，走很远很远，一路问着，好几个学生都说不知道，后来总算在山崖的转弯处找到。

半山庐是十八幢独立别墅，是武汉大学教师宿舍，建于 1932 年，缪恩钊、沈中清设计，胡道生合记营造厂承建。英式乡村风格，清水砖墙，红色坡瓦，木结构外置的阳台和门廊，石阶在山间和林间“之”字形上下穿行，连接着这些分散建在山坡和山脚的小洋楼。香樟和酸梨枣，松树和杉树，枝繁叶茂地生长，树叶间闪出耸起的尖顶和山墙，树的影子和日头的影子交错摇曳，在泥地上投下团团光点。嶙峋的山石，清澈的溪流，山石上攀爬的藤蔓，溪流中漂浮的水草——野趣天然的居所，只是离尘世太远。

20 世纪三十年代，这里是名人聚集名流荟萃的地方，很多的故事和传说流传到今天。20 世纪末期，居民逐渐迁移到山下，老屋一天天颓败，山林间的石径沉埋于荒草中。

从山中走出来，夏天变成了秋天，山坡上和山坳里，梧桐叶子黄了，枫树叶子红了，杉树叶子萎成干涸的褐色，天透明如水晶，秋风卷起叶片，飘落在绿色瓦脊和白色石阶上。秋天，是古典式建筑最好的映衬，天气一天天冷，风一天天凌厉，下雪的日子，珞珈山特别美，寒假的校园人迹稀少，山上山下一片空虚的洁白。

石坊上“国立武汉大学”的楷书由闻一多于1928年题，2012年拆毁

从樱花大道一直朝校园深处走，翻过山梁看见武汉大学后门，走出校园，这里是东湖之滨，空间非常开阔，可以闻到新鲜润湿的湖水气味，湖边的垂柳飘着长长的枝条，湖水泛着粼粼波纹。刚才的一切，山和建筑，映在身后，湖面在你的眼前慢慢地展开得无限宽阔，然后又慢慢地沉没到紫灰色的暮霭中去了。

烟云昙华林

武昌昙华林，位于古武昌城东北城门武胜门内螃蟹岬以西一条古巷，历史可上溯到明洪武四年（公元1371年），1949年后泛指东起中山路，西至得胜桥，南起粮道街，北至三义村、凤凰村包括昙华林街在内一大片街区。

昙华林在武汉的名气近十年才传扬得“众所周知”，21世纪前大多数武汉人根本没听过这个名字。一条被遗忘的街，一个被遗忘的街区，烟云散开，沧桑轮转，我们才会想到是否错过了什么？

它错过了时代，时代错过了它，故园风雨后，过去成为历史。

简单梳理一下这个街区的历史源脉吧。

昙华林（指这一片地区，而不仅是这一条街）兴盛应该从明代武昌扩城开始。

当年楚王朱棣分封武昌，江夏侯周德兴大兴土木扩建武昌城，城墙向东南西北推开重建，九个城门，北面城墙只开一个门，先名草埠门，清代改为武胜门。

武胜门内从城墙根下到蛇山（江夏山）北坡山根处，中间的一片地就是今天的昙华林。

明清两代王朝，武胜门内建设得很好，靠蛇山那片，官府衙门和贵族宅邸，往北边来，学宫、粮仓、兵营、民居、道观、佛寺，街市穿过花园山（当时不叫这个名字）和凤凰山一直通到北城门口。

昙华林中心区的小广场

但是，清末，1864 年英国伦敦会杨格非来昙华林，1868 年美国圣公会韦廉臣来昙华林，这里已是断壁颓垣、荆棘丛生、坟茔垒叠，一片荒凉。

为什么？

1855 年 4 月，太平军炸药轰开武胜门，第三次占领武昌城，两年后在清军围攻下撤出。北城门内昙华林街区的昔日繁华早已在两军激烈交战和太平军野蛮破坏中化为烟尘。

1861 年汉口开埠，其后五十年间，昙华林废土重生。

戈 甲 营

戈甲营是与昙华林呈横直相交的一条窄巷，最早是守城部队屯兵的兵器库，后来变成居民社区。

昙华林街左转进入戈甲营，很窄的一条水泥路，半边街，街的一侧是高墙后面的民居，街的另一侧是一堵厚厚的与隔壁街巷隔绝的高墙（很奇怪的一种建筑形式），小街很安静也很干净，从每一方小院开着的院门看得见红花绿植，有女人在屋子门口洗衣裳择菜，母鸡在院子里咕咕咕咕地叫。

朝里走几十米，找到基督教崇真堂，由杨格非牧师创建于1864年。

这是一所很简陋的建筑物，藏在花园山的山坳里，惊讶的是居然能在这条僻静的小街上保留下来一百五十年之久。

我们去的那天是一个星期天的下午，教堂里有人在排练宗教活动仪程，唱圣歌，大约十几个女信徒，很虔诚地一遍一遍地练，听不懂，但觉得还好听。

礼拜厅不大，但据说可容200人，室内光线很暗，走出来一方小院落，太阳光亮得晃眼。

戈甲营44号的基督教崇真堂，是武昌第一座基督教堂，也是武汉现存年代最早的一所基督教教堂。

杨格非是太平军之乱后重兴昙华林第一人，除这座小教堂之外，他还在戈甲营办学校，在花园山办医院（武昌仁济医院）。

文华书院·华中大学

1868年6月，美国圣公会韦廉臣（Channing Moore Williams）主教一行三人乘船从上海来武汉，当年买下花园山地皮，先建教堂后建学校，继英国伦敦会杨格非牧师之后重兴昙华林。

荒草乱坟的小山被开发成风景优美的西式学堂，中文名为文华书院，英文名为布恩纪念学堂（The Boone Memorial School）——中文校名今天武汉人尽皆知，英文校名即使知道，也不清楚“布恩”是谁？

威廉·琼斯·布恩（William Jones Boone），中文名文惠廉，美国圣公会首位来华传教士、美国圣公会中国教区第一任主教、上海美国租界创建人（后合并到公共租界）、上海西学西医体系创建人，同时期委派韦廉臣副主教来湖北开辟长江中游传教区，于是有了文华书院。

所以，韦廉臣主教将文华书院的英文名定为布恩纪念学堂，纪念文惠廉主教对中国地区教育事业的苦心付出。

文华书院（今华中师范大学前身）

1864 年布恩主教逝世于上海，少子小布恩（小威廉·琼斯·布恩）子承父志，1869 年美国学业成功返回出生地中国，1870 年美圣公会中国教区第二任主教韦廉臣派他来武昌，担任文华书院教育管理工作，在昙华林花园山他待了整整十一年，和他同时期在文华书院任教的还有当年和韦廉臣主教一起来武汉的华人传教士颜永京（中国近现代著名心理学学者）。

翻开国内史籍，颜永京在文华书院任教八年有记载，小布恩（美国圣公会中国教区第四任主教）在文华书院任教十一年无记载。

很感慨！

文华书院旧址位于武昌昙华林 188 号，今湖北中医药大学昙华林校区内。

文华书院包括小学部、中学部和大学部。1909 年大学部独立，更名文华大学，第一任校长是英国人翟雅各（James Jackson）。

1917 年，孟良佐（Alfred Alonzo Gilman）继任文华大学校长，1924 年在美圣公会湘鄂主教吴德施全力支持下，促成文华大学、博文书院、博学书院以大学部合并组建华中大学，校址设在昙华林文华大学校区。

华中大学建立，原文华大学校区外扩，大兴土木建设新教学楼、新学生宿舍、新教师宿舍，花园洋房建筑取代先前仿中式建筑，除了翟雅阁健身所。

文华大学翟雅阁健身馆（建于 1919 年，由继任校长孟良佐主持修建）

1929 年，岳阳滨湖书院大学部和长沙雅礼书院大学部迁往武汉并入华中大学。

1946 年，著名古文学家钱基博，应当时华中大学校长韦卓民（华人）邀请，来学校任教，住在昙华林华中大学教授楼朴园（今湖北美术学院校园）。

华人教育家陈时在昙华林和粮道街创办中华私立大学，昙华林校区与华中大学校区共一个校园，先后聘请康有为、梁启超、章太炎、蔡元培，以及印度的泰戈尔、美国的杜威等中外名流前来讲学，讲坛设在文华中书林（已毁）和翟雅阁健身所。

老的人故去，新的人到来，老的学校迁走，另外的学校迁来。

2004年5月，我和弟弟胡西雷驾摩托从中山路北行左转进昙华林街，进入湖北中医药学院大门。与世隔绝的整洁，绿草绿树，灰色的白色的老楼，空间拉得很开阔，圣诞堂耸立在校园中央，周围老树枝干苍劲叶片茂密。

大片平坦的绿地尽头是翟雅阁健身所，一幢独立不群的红砖老楼。绿草、绿树、太阳和风，一切构成了我记忆中2004年春天的文华大学。

八年后再去，翟雅阁颓毁得令人吃惊，大片绿叶从蒙满灰尘的红砖墙上垂挂下来——对于建筑来说，植物长到身上代表其生命可能终止。

华中大学教授楼（今湖北美术学院校园）

花园山圣家堂

从湖北中医药学院后门出来，这里是胭脂路的最尾一段，沿着人烟密集的市井右行，寻找武昌意大利教区天主堂，俗称花园山圣家堂。

武昌圣家堂是意大利方济各会武昌教区主教座堂，这个建在花园山顶的教区是包括座堂、主教公署、花园山育婴堂及其教区房舍的一个建筑群，人称武昌花园山意大利天主教教区。

1889 年，以建筑学为毕生爱好追求的江成德主教（Vincenzo Epiphane Carlassare O. F. M）主持建造教区建筑，其中最恢弘的就是圣家堂。

1949 年以后花园山就冷落了，很少有人再往这里来了，沧海变桑田，桑田变沧海，原来的繁华之地渐渐变成幽寂无人之所。这次，如果不是为了写书，恐怕直到我老死也不会来这里——对武昌，很多年来我一直是很陌生的。

从武昌胭脂路朝东一路猛走，正当中午，顶着太阳走了二十分钟之后，才走到天主堂的高台子底下，数十级石阶之上，大山花尖顶，拱券大门上部的雕花……看到教堂第一眼，感觉震骇，没想到这样一幢建筑宏伟的教堂立在自己生长的城市。

晴空艳阳，阳光从头顶泻下来，前方的美丽的圣家堂，和后方油腻的街市，简直不像在同一个世界。

绕到教堂背后，曾经的天文台早已成为废墟。

当年在胭脂路，别想找到嘉诺撒修女小教堂，它被几幢楼房遮得严严实实。楼房间，树根和藤蔓环围着一块凸起的高地，在没有路的灌木和杂草丛中耸起一幢青黑色石质雕花建筑，于野草中踩出路径走向小教堂门厅，罗马式门廊细腻精致……真是太美太神奇。午后阳光从它背后照射过来，那时那刻，语言无法形容。

花园山天主堂参观游览补记：

花园山天主堂

意大利天主教教区，这个词组只能是一个民间称谓，正式一点应该称为梵蒂冈天主教教区。世界各国天主教教团，管理上都属梵蒂冈教廷而不属意大利国政府。这是常识。

花园山天主堂正式名称是：圣家堂，也称武昌花园山圣家堂。

十九世纪末，天主教鄂东地区主教江成德除了亲自设计、主持建造花园山圣家堂（重建）和嘉诺撒修女小教堂外，还担任设计和主持施工湖北武汉教会建筑多处，著名的有花园山文学书院（花园山天主教教区下设教会学校现已全毁）、昙华林崇正书院（花园山天主教教区神学院，遗址合并于湖北中医药学院附属医院）、花园山育婴堂、东西湖柏泉天主堂、大堤口天主堂（已毁）等。

以上内容，我在《昙华林》一书中有提到，同时提到江成德主教出生地意大利维琴察，但是当年（2015 年）研究不深入。今天我把近两年来武汉城市史的研究感想补充在这本书里，希望有人关注。

天主教教会千年传统，神职人员除掌握本职行业（神学）知识，从事本职行业工作以外，兼具其他学科专业知识和专业技能理所当然。欧洲工业革命之前，天文学家哥白尼、物理学家伽利略、哲学家布鲁诺等，都是罗马教廷修道士。

如我所知，武汉城市建筑百年经典保存下来数百幢，其中好几幢宗教建筑的设计者都是传教士而非专职建筑师，昙华林花园山江成德主教尤其“出类拔萃”。

在史料欠缺的情况下，关于江成德主教对建筑学科“狂热”爱好的由来，只能从他的出生地这一简单信息来推测。

意大利小镇维琴察，世界建筑史上不可忽略的一个地名，16 世纪意大利建筑大师安德烈亚·帕拉提奥建筑作品实践基地，闻名世界的建筑经典“圆厅别墅”和“巴西利卡市政厅”都在维琴察……

帕拉提奥式建筑是欧洲文艺复兴时期艺术领域一块丰碑，其艺术风格影响世界数百年直到今天。

维琴察因此成为世界著名旅游胜地，每年吸引成千上万前往“朝圣”的建筑艺术爱好者。

出生在维琴察的江成德主教，幼年起就浸润在建筑大师帕拉提奥营造的艺术环境里，零距离地接受文艺复兴建筑美学的熏陶，欣赏、喜悦，倾慕、追随……对于身在其中且具备一定艺术天赋的孩子来说，上天恩惠，成就他的理想。

建筑师和传教士，前者是他的爱好，后者是他的工作，两者结合，他完成得很好。

“传教士也可以是艺术家”。引用我在《昙华林》书中的一句话，纪念江成德主教。

瑞典行道会教区

瑞典行道会教区位于昙华林街 92 号～108 号。最先看到的是几幢残旧

修复一新的嘉诺撒小教堂

不堪的西式住宅楼，从眼前立着的一幢开始，一幢又一幢顺山势而上——拱券外廊、汉白玉台阶、雕刻的墙饰、圆木楼梯扶手，当年的华丽已经被雨打风吹去，物质还在，精神早已没有，肉身腐蚀，剩下一具干瘪的百孔千疮的躯壳。

这些1890年的北欧建筑，背依凤凰山。当年，山上山下，植树栽花种草，花木森森掩映着几幢小楼，白色廊柱，白色拱券大窗，月光如雪铺上汉白玉阶石。

半世纪后的今天，除基督教真理堂被拆毁。其余建筑都在，记得那天，进到这一片大院落，视线一下子就被破毁得实在不成样子的老楼房固定住，美的痕迹和破败的痕迹在其上纠结交错，这样的印象和感觉从进到昙华林小街就扑面而来，此时此刻更加浓烈。

层叠的几幢破旧老楼，偶尔可见窗台上垂下鲜绿的盆栽，朝山上走，再转过一棵枝干茂密的大树，山坡上有一段古城墙，青砖断石，十足沧桑，猜想与昙华林三义街石瑛故居院内的一段老城墙相连接。

瑞典领事馆也在这片大院内，进大门朝右走，最顶头的一幢楼房。

老房子无论内外都破得惨不忍睹，住户太拥护，保管不善，几乎少有维修。

所谓北欧风格建筑，就是红色大坡瓦，四周拱券外廊，雪白雕花外墙，木材大量地使用，屋内连同楼上下的走道在内全铺木地板，木窗木墙板，木楼梯曲折向上。曾经的坚固、光洁、滋润、华丽，经历五十年的风雨，被损毁得令人心惊，当天我看到的实地场景，腐蚀、溃烂、污秽不堪，木地板凹下去，木楼梯塌垮得根本就不敢踏脚上去。

瑞典行道会建筑群

即便如此，以上的描述，还远远没能表达出当天视线所及与朽木成灰之感。

拍摄很艰难，老房子前面已经搭盖平房，根本无法寻找一个适合的拍摄点，征得平房户主同意，胡西雷攀上一架木梯子爬到平房顶上，依然只能拍到这幢小楼的一个侧面。

1936 年，瑞典行道会派传教士夏定川（J. Sommar Strom）来汉主持教会，同时派任为瑞典驻武汉领事馆领事。光绪三十二年，西历 1906 年，瑞典驻汉口领事馆开馆，馆舍先设在汉口俄租界黎黄陂路，1948 年迁来武昌昙华林瑞典教区内，成为历史上武昌唯一的领事馆馆舍。

民国老公馆

2004 年春天第一次去昙华林，我和弟弟胡西雷，为了创作《夕阳无语：武汉老公馆》这一本书，沿昙华林小街朝里直走，从湖北中医药学院前门及武昌十四中校门经过，进到湖北警备区宿舍院落。

徐源泉公馆就在昙华林 141 号大院内。

徐源泉，湖北黄冈仓埠人（今武汉新洲），辛亥将领，国民党高官，参加过南京保卫战和武汉会战，晚年从事实业，在商界颇有建树，1949 年初去台湾，1960 年在台北逝世。

昙华林 141 号不是一幢房屋，而是一个数千平方米的大院落，进院门，向右拐，眼前豁然开朗，一片大场地，光秃秃地躺在那里，既不植树木，也不种花草。场地尽头，立着一幢与现代建筑风格全然不同的古怪的小楼房，这便是徐源泉公馆。

楼高两层，左右八角形立面，六步石阶进入门厅。门口支撑着两根罗马立柱，柱头上雕着繁复的卷叶草花饰。

那天天气晴朗，小楼前晾晒着棉絮和被单，风吹的被单鼓得像帆。

石阶缝隙里的绿草，楼上凉台边的野花，两扇破落的纱门扇歪歪倒倒地敞开，门厅墙壁的水泥涂层一片片地风化剥落，空阔的场地上，小楼显出无比的美，一种我太熟悉的苍凉的感觉。

多年后我和 CECP（中国濒危文化保护志愿者）的杨帆等一群志愿者去新洲时，专程去了徐将军老家豪宅。花园阔大，看不到院墙在哪里，房子富丽，中式、西式各建筑风格混杂。两相比较，昙华林的徐公馆只是一个住人的地方。

昙华林的徐源泉公馆

由徐源泉公馆走出，仍然在昙华林 141 号大院内，经过数幢新建的宿舍楼，有一条石阶曲折往山上走，前行左拐，荒草间有一幢单层房屋，这是当年的湖北省主席夏斗寅的别墅，人称夏公馆。

与花园山相对的凤凰山，东西走向，蜿蜒数里，山坡上下，杂草茂密，树木丛生，几幢年久失修的老建筑被人抛弃似地散落着，如果不是着意地寻觅，你根本就不会想到这山间野岭之间还会有人烟。半个世纪前，这里是一片风景秀丽别墅区，因为很多原因，变成我们今天看到的样子。

背倚凤凰山，门廊外山坡下的便是昙华林小街，也许 1949 年前，这一片山坡空地曾经栽满花草，如今已被数幢楼房填得满坑满谷的了。夏公馆就这样被遮挡在这一片毫无建筑特色的现代居民楼的背后，如一个被人遗弃在荒野间的孤儿，如若不是有意的寻觅，没有人会知道它的存在。

红色大坡状的瓦顶被尘土蒙蔽得黯然失色。瓦顶已经半毁，木质梁、木椽柱尽皆曝露于露天，靠山那一扇大窗户下有一个水磨石浴缸，黑色底面的白色瓜米石，孤零零地扔在这里，伴着顶上蓝天、窗外菜花、室内瓦砾、瓦砾间青草。

那一天，我站在荒草瓦砾之间，看着这只半世纪前的浴缸，感觉十分怪异。

夏公馆右侧有一条上山的石阶，逐级向上，沿路还有好几幢民国时期小洋楼，石砌的山道干净平整，偶尔踱过来一只不知是家猫还是野猫的小猫，黑黄相间的皮毛，很悠闲。

往上走，道边耸立一间水泥砌筑的中式小亭，八角飞檐，有围栏可以小坐。再向上几级石阶，一块刻有“凤凰山”的石碑立在这人迹罕至的山的高处，四周长着毛茸茸的紫红色的野花和左右摇晃的狗尾毛草。

在昙华林街，过戈甲营街口，再前行数十米，可见一间院落，石砌高墙，数级石阶，石砌门框，两扇铁皮木门终日紧闭不开，据说这是刘公故居，民间称“正卫街刘公公馆”。

2013 年武汉市政府组织“名人故居（旧居）审定研讨会”，会上得知：昙华林刘公公馆并不属实，这幢房子并不是刘公房产而是民间传说，但寄托着武汉人对刘公的感情。

刘公，湖北襄阳人，辛亥革命重要领导人之一。

2000 年以来，我前后来这里三次，院门上拴着一条铁链，敲门不开。

只好从院门的缝隙窥视这幢老房子：石阶上的青色植物茂盛地生长着，两扇大门将时光阻在高墙之外，院里空无一人，残旧、衰败的感觉让岁月在这门里边凝固了。

一个小小的院落里，花木生长茂密。小楼位于院子正中，离街边的院门距离大约十米。据说楼内有四方天井，还有一架盘旋楼梯，漆着朱红油漆，扶手雕工精美。

今日昙华林

2016 年武汉大学出版社约稿写《昙华林》，从这一年起，我每隔不久来昙华林晃荡一次。一是地铁 2 号线在螃蟹岬设站，站口离昙华林街不到 300 米，二是昙华林整个街区比前几年变得漂亮得多。

地铁 2 号线螃蟹岬站出来就等于到了昙华林街区

由政府投资，翟雅阁健身所被修复一新。红色砖墙色彩艳丽地照映到街上，褐色陶瓦倒映天光，白色的石栏、白色的墙基，山墙对街，大门敞开着，庑殿式屋顶在蓝天勾勒出华丽的轮廓……

顺街前行到仁济医院。

说服保安允许我们进院内看看，这一次才弄清楚仁济医院的规模——院落重重，很浓很浓的树荫，好几栋小楼非常欧式，可惜院子里没有人，楼房里也没有人——尽管周遭寂寥，不过一想：老房子终归还在，就很心安的感觉。

独立于花园山山顶那经年累月“雨打风吹去”的嘉诺撒修女小教堂修得几乎认不出，文人想要的荒草断石夕阳残照的颓废风景没有了，但是能说不喜欢吗？

往年荆棘丛生的泥地如今被水泥铺盖得光洁如镜，可以站脚，可以拍照，可以看风景。

山崖边一棵大树，棕褐色粗粝的树皮，墨绿色茂密的树叶，隔着它，从下往上看，枝桠间可见山顶小教堂；从上往下看，叶片间可见山下小洋楼——不同视角有不同风景。

更多的风景在昙华林，我不可能都去过，如眼前的树，枝叶参差向空间展开交错，诱惑我们往深处走。

融园咖啡馆（牧师楼），一个去熟了的地方，小楼外露天木台上热咖啡、冰激凌，小楼内彩色玻璃灯罩下华夫饼、煲仔饭，两人对坐时光最美，在这幢民国时期的小洋楼里，但直到今天我都不知道它先前的主人是谁。

出融园，顺昙华林主街朝长江方向走，沿路树影摇曳红灯闪烁，小餐馆、小酒吧、咖啡吧、网吧、奶茶店、饰品店，一直延续到小街顶端。

返回的路上天色已晚，远远看见翟雅阁，金黄色的灯光从窗格子透空而出，幽暗的夜空，璀璨的建筑，从街的这一头也能看到那一头。

昙华林街的小店（2016 年）

老火车站

大智门车站

很早以前，京汉铁路从汉口边缘穿过，汉口的有四个车站，玉带门、循礼门、大智门、刘家庙（江岸）。

前三个车站，由汉口北部的三个城堡改建而成，车站名就是城堡名。刘家庙车站，庙早没了，那一带地方以庙名为地名，车站随之得名。

汉口城北，原本是一大片湖泊沼泽，铁路经行后，民居商埠渐渐往铁路沿线聚集，尤其是车站周边，汉口城郊也一天天地热闹起来了。

循礼门车站是个货运站，刘园修起来了，江汉北路和梅神父路相接，南洋烟厂建在铁路以北。

玉带门车站，是汉口茶叶集散地。汉口茶市，从原来的汉水边迁到长江边，又迁到铁路边——哪里方便往哪里跑，哪里快捷往哪里跑，这就是商贸。

江岸车站，最初名为刘家庙车站，后改为江岸车站，因为属于管理路段，所以又叫江岸机务段。

“火车一响，黄金万两”，这话很俗很实在。

大智门车站修起之后，法租界坚决北移到今天车站路、友益街、黄兴路、海寿街，后来几年，那一带的繁华尽人皆知。

大智门火车站位于汉口京汉大道与车站路丁字形交会处，车站路从火车站站房大门前起始，也就是说，当年，法租界玛领事街（即车站路）从这里开始。20 世纪末，原来贯穿汉口城区中心的京广铁路改道到汉口西北金家墩，即今汉口新火车站。汉口大智门火车站改为铁路博物馆，原有的老建筑全部保存，并作了“修旧如旧”的修复维护。

在我们拍摄的照片上，已经看不到它原有的一百年的沧桑风尘，过去年代的老房子，只能是岁月中一抹发黄的记忆。

汉口大智门车站

1906 年 4 月 1 日，汉口至北京正阳门全长 1214.49 公里的铁路全线建成通车。直隶总督袁世凯来汉口和湖广总督张之洞一道举行验收仪式，并改名“芦汉铁路”为“京汉铁路”，汉口这端的终点车站就是大智门火车站。

大智门火车站当年为芦汉铁路南段的第一大站，站房建筑（即车站大楼）为法国设计师设计（1911 年阳夏之战中被毁部分在 1913 年重新修建），及至今天也能称为中国近代建筑之精品。

当年汉口人乘火车，若是离开车时间紧了点，紧赶慢赶，来到这街的交界处，远远地，看见车站瓦顶上的绿色尖塔，心里便一下子落了实。

2006年，我去的那天，汉口车站路顶端的这座老旧的火车站，大门上拴着一根又粗又冷的铁链，从门缝向里望去，阴暗的候车大厅空无一人，视线穿过去，来到大厅背后的站台，高高厚厚的水泥平台。你再也看不到火车的进出。曾经很多次，我站在那里，沿着长长的钢轨，一直望到天边。火车和铁路，才能带你冲出浮华拥堵的都市，叮当的铃声，车头喷出白色蒸气，车轮、铁轨和枕木撞击，绿色的车厢，橙色的灯光，人如潮水，站台上、天桥上、候车大厅里，一百年的喧哗和骚动，今天只剩满眼荒凉的死寂，仰起头来，蓝天和太阳，门额上的那一只鹰，似乎想破空飞去……

大智门火车站，因为建设年代早（至今约100余年），且在交通要冲，在这里发生的事件以及过往的人物，能够载入史册的，真是数不胜数……

下面我的两段文字都和大智门车站有关：

> 1911年10月，汉口战况于革命军极为不利，清廷军队倾巢南下，以图挽回颓势。湖北军政府决定招募新兵，扩充起义军力量。黎元洪派人向军校学生发出邀请。当晚，徐源泉号召学生军三百余人，自任为队长，连夜渡江到汉口，在大智门火车站与清军展开激烈交战……
>
> ——《徐源泉公馆》
>
> 1951年4月，梅兰芳第五次来汉口，乘火车，大智门车站下车，自车站大门起，沿路水泄不通，武汉戏迷夹道欢迎，人人争睹大师风采。从车站路转到友益路，短短的几千米，梅兰芳走了将近一小时。当天晚上，在人民剧院（今大舞台）演出京剧《贵妃醉酒》……
>
> ——《武汉老剧院》

战争硝烟，升平歌舞，都由这一座老车站来记录。

循礼门车站

1956 年，我的家从胜利街搬到京汉铁路以北，汉口人称为“铁路外”，住在江汉北路路口的报社宿舍，离铁路很近，离循礼门车站很近。

记得很小的时候，一个人，过马路、过铁路，从京汉铁路北边过到京汉铁路南边，顺着江汉路，走到中心百货商店，前面不远，看见中山大道上跑来跑去的车。那一年我六岁，那一天我想到江汉路尽头的报社大楼去找我的父亲和母亲。我相信，过铁路，朝前走，一定不会错。

循礼门车站是京汉铁路在汉口市内的四大火车站之一。

在我小时的记忆里，不以为它是一个车站，例如它没有如大智门车站那样的候车室，而且也没见客车停靠，只有货车，一天好几趟地停在道口，就是今天京汉大道和江汉路交叉的十字路口，城市轻轨江汉路站，这就是循礼门，这个名字即将消失。

在武汉，循礼门不仅是一个车站的名字，实际上，它的涵盖很广阔。

最早，它是清代汉口北部的一个城堡，当初是为了阻挡来自北方的侵略。1905 年，修筑张公堤，汉口北部湖区干涸成土地，城堡也因失去了最初的用途而被拆毁。京汉铁路从玉带门修过来，经过这里，往大智门而去。1916 年，循礼门车站建成，和大智门和玉带门不同，循礼门车站主管货运，没有漂亮的候车大厅，只有一段高高的站台，一排简单的红砖平房。

荒凉的地方没有名字，车站建成之后，这一带渐渐有人居住，有人就得有一个地名，叫个什么好呢？

啊，有了，现成的拿来，蛮好！

所以，从江汉路和京汉铁路相交的京汉铁道道口，到江汉路和解放大道相交的大十字路口，前后左右方圆一片的地方都叫循礼门，先是因为有个循礼门城堡，后是因为有个循礼门车站。

循礼门车站北面紧邻着刘园，清代汉口最大的私家园林，很早就荒毁掉了，20 世纪中期到末期，还有几棵枝叶茂盛的大树被一圈厚厚的灰墙圈住，今年再去，园子和老树没有了，因为地铁修过来了。

园子的主人刘歆生，当年的气派真是威威赫赫，京汉铁路以北，上自舵落口、下至丹水池，四分之一是他的土地。20 世纪初，他把江汉路（旧名歆生路）从英租界一直修到京汉铁路以北的循礼门刘园的大门口，为了自己的方便，顺带也方便了别人。

就这样，京汉铁路和江汉路呈十字相交结。

20 世纪中后期，循礼门车站道口，人流与车流与日俱增。道口有闸栏，长长一根横木，拉上去或放下来，放下时铁路上走火车，拉上时道口过车辆和行人。和京广线经行市内的别的道口不太一样，因为是货运站，有时候，货车在这里一停一个小时。

小学三年级到四年级这两年，每一天，我都要过铁路到江汉路 144 号（20 世纪中期湖北日报办公楼大院）去上学，每天两趟来回，每天四次经过循礼门车站，常常被火车阻住，有时候，上学可能迟到；有时候，回家可能很晚。对于一个小学生来说，没有什么比上学更重要，所以，没有什么比挡住上学的路更叫人心烦的了。

道口并列着好多道铁轨，每次有火车通过，远远听到汽笛声，然后侧旁的木亭子里响起口哨声，于是，横木放下，不许路人通过。

为了通过道口，小时候，我和同学什么法子都试过，尽管大人一再叮嘱："火车来了，一定要耐心等，翻越铁路危险！"当然，多数时间在等，人小，也懂珍惜生命，但是，偶尔情况也"铤而走险"，从车厢之间的挂钩空隙钻过去或翻过去。

最怕的是，忽然一声轰响，火车皮前后一阵猛烈地晃动，车轮开始缓缓向前滑行，吓出一身冷汗，赶忙退后，离火车和铁轨远点，或者干脆退回到横木外边去，火车总算是开走了，跑过道口，吐出一口长长的气。

武汉人把穿过京汉铁路，称为"翻铁路"，不知是否从这里引申而来？

1991 年，汉口火车站搬离大智门，京汉铁路改道，由此北移，循礼门车站停止使用。

铁路没有了，车站废弃了，大智门老车站剩下一幢房子，如一只空空的壳，循礼门老车站飘散如粉尘。

“轰隆隆，轰轰隆，开火车——”

这是我上幼儿园时，天天唱的一首儿歌。

很多年之后，有时候，还是会想起循礼门，还是站在那里等火车，身边的站台，眼前的横木，脚下的铁轨，头上的天空……

“火车来了！”

叮当的铃声，汽笛尖啸，巨大的轮子，钢铁的滑杆，轰隆、轰隆，震得地皮晃动，风驰电掣过去，蓦然惊觉，回到现实。

一切都已消失，连同这个地名。今天再来这里，时空因我而重叠。

胡西雷在汉口平汉铁路南局门前（2006 年）

武汉三镇江滩行

汉 阳 江 滩

游晴川阁最好是在一个大晴天。

乘 803 路公交车在晴川阁站下车，就见到满眼敦厚的红、凝重的黄、鲜活的碧。

龟山在背后，铁门关在左肩，晴川阁在眼前，长江一桥桥头堡在我们的右侧远一点的地方与碧天相衔接。

汉阳长江晴川阁江段，从南岸嘴到长江大桥汉阳桥头堡，是汉阳最美的一段江滩。

当天，我和小丫头黄樱子先游龟山东侧坡，穿过铁门关城门洞，沿着藤萝密布的石砌山道走上去，寻找黄兴纪念铜像，然后下山游晴川阁和禹王庙。

“吴魏相争，设关于此”。吴主孙权为了阻挡北魏、西蜀建城防御，遂建铁门关。唐宋明清这一带成为商贸聚集地，明末年铁门关被毁，民国年间这一段江岸日渐冷落。

假如，你没弄清这一带山川地形的历史以及古典建筑（包快复原古建筑）的来龙去脉，下面将要游览的江滩公园时就会觉得索然无味，心理的苍白源于文化的苍白，现代建筑景点的审美思维奠基在古代文明之上，尤其是晴川阁。

汉阳江滩晴川阁公园的铁门关

当天，龟山上下游人络绎不绝，晴川阁景区游人如织，携家带口的老外更是游兴勃勃。

不重复经典路线是不可能的，但是一定要在通常路线中开辟一条自己的行走方式，不然一生一世永远混在人堆里。

禹王庙（禹稷行宫）正殿廊檐下，一位身穿红 T 恤的胖乎乎的女孩子，武汉某高校建筑系研究生，和我讨论这座殿堂式古典建筑的建造年代："我的老师说的，是清代古建筑，很珍贵！武汉留下来的（这类古建筑）已经很少很少了。"

今天她从武昌赶来，游玩在其次，主要是实地考察。

从晴川阁走下来，在禹王矶的基部，花岗岩砌筑赭红色的石壁上看见一块镶嵌的石板，上有石刻红漆的字："长江沿江堤、汉江沿江堤分界点”。

江河分流就这样以碑文告示的方式清晰地映在你的眼前，沿石道往东，穿过晴川饭店到汉江入江口南岸嘴；往西，穿江滩公园到长江大桥引桥底下，上游不远是三国祢衡鹦鹉洲。

“晴川历历汉阳树，芳草萋萋鹦鹉洲。”

可以想到，崔颢登黄鹤楼时天气晴好，看得高远。那天，他看到的汉阳江滩也就是我们今天身下的这段江滩，“年年岁岁花相似，岁岁年年人不同”。

和樱子一道走出晴川阁，上洗马长街，左转，走进大禹神话园，也就是汉阳江滩公园。

先游禹王庙，再游大禹神话园，其实是一条顺理成章的旅游线路——从古代到今天，从历史陈迹到现代景点，从古建筑群到现代雕塑群，其间的跨越可以称为“神奇”。

大禹神话园，创意来源于我们刚刚游玩过的景点。

地球初生，地壳成形，一道大江冲开平野上的山脉。南岸绵长如蛇，北岸凸圆如龟，“龟脚”伸长触摸江水，就是后人所称的禹王矶。长江北岸的江滩沙土之上，褐黄石山石嶙峋，远古洪水肆虐，于是有了大禹在今天我们游玩的地方劈山泄洪的神话传说，于是有了禹王庙，再后来有了汉阳江滩风景区大禹神话园。

它的背面是龟山电视塔，侧面桥头堡上有武汉三镇最美的大型雕塑墙，圆雕和浮雕，赭黄色的石材，雕工非常精美，气势相当磅礴。

在此处为樱子留影，横贯数十米的雕塑墙在正午的太阳光下熠熠生辉，黑铁色的大禹乘飞龙的巨型雕像被阳光映射得光华夺目，令人不能仰视。

手执相机的游人越聚越多，都想在这里留下假日纪念，只好连同他们一起收入我的画面中。

散落着三三两两石凳的江滩丛林是情侣的天堂，今天你别想找到休憩的地方。遍布雕像和奇石的雕塑园成了孩子的乐园，大禹和他的妻子的青

大禹文化园中的大禹治水大型壁雕

铜塑像下九尾狐狸的背脊被小孩子们坐得光溜溜的。

没来得凋谢的夏花，闪亮如金箔的绿叶，芳草萋萋依旧如唐朝，黄鹤楼隔大江在尘雾间遥遥地浮动。

光洁如镜的鹦鹉广场凸出在离长江最近的地方，静得下心来的人凭栏临风眺望江景，身下是沙滩芦苇，眼前的江水金黄如绸缎，浩大恢弘。在离它最近的地方偶有所感，身体掩在桥头堡巨大的阴影下，和天地对话，和自己对话。

2010 年，从网上我才知道汉阳有个大禹神话园，说起来真是孤陋寡闻得很，这个景点，中国其他城市的游客可能比好多武汉人先期到此一游。

一小时后在渡江轮上这句话得到印证，一大家子河南人挤在舱顶兴高采烈，吹着江风吃着烧鸡摆着 Pose，塞一只相机在我手里，笑眯眯地请我帮忙拍全家老少武汉游的照片。

“武汉好玩！我们一家来了三天了，武汉好大啊！比我们那个城市大很多！景点又多又好玩！”

不知该说点什么，才能应和他们热力四溅的情绪。

从汉阳江滩到武昌江滩，最便捷的交通就是晴川阁—汉阳门过江轮渡。

在轮渡上静下来，我在想这样一个问题：为什么人称最美的江滩风景点南岸嘴从来游人寥寥无几？

也不是没人，春夏秋冬，只见一个气枪打气球的摊子，爹爹婆婆引孙子，两个外地来汉的打工妹在长条木靠椅上说悄悄话。几年间，为了《武汉城市记》一书的写作，我来过多次，每一次都觉得空旷寂寞。

三镇江滩建设很好，几个江段风景好得没话说，以南岸嘴为例，两江在此分流，青翠橙黄截然区分，瑰丽雄奇的景象在世界上也不可多见。但是，游人始终不多。

轮渡在大江上游弋，龟山电视塔在视线框里迅速后退，人们在周围欢声笑语，享受2010年国庆长假晴朗的一天。

风中，江涛中，我在想：能否模仿英国伦敦泰晤士河畔千禧摩天轮（即伦敦眼），在南岸嘴建一个大型儿童游乐场？时尚娱乐点或许可以引来两江口岸的新一轮市象繁华。

武昌江滩

三国东吴黄武二年（公元223年），吴主孙权在武昌蛇山（江夏山）建夏口城（即今武昌城雏形），城圈西南靠紧长江，有城门与汉阳隔江相望，取名汉阳门。今天，城墙已毁，城门已毁，只留下这个名字。

武昌江边汉阳门轮渡码头，我们那一代，从小到老，轮渡过江停靠最多、过往最多的船码头。冬天走很多级石阶，长长的木跳板搭在江水上，走上去弹起来，悬浮在空中的感觉，很好玩！

从汉阳门起坡，出码头往右也就是往西，长江一桥武昌桥头堡下一段江滩最具人气。

2009年、2010年、2011年，前前后后我来过好几趟，和中国建工出

武昌江滩长江一桥桥头堡

版社编辑张幼平，和我的书的摄影师弟弟胡西雷，再就是今天和小女儿黄樱子。

武昌汉阳门一段的江滩，连带着民国风情的街民主路，也就是名声遐迩的户部巷所在地的建设，应了我所说：江滩文化一定要和周边旅游景点浑然一体，不然就会“可怜此地无车马”，成为孤芳自赏的景点。

张幼平编辑来的那天也是一个秋日黄昏，太阳落到对岸建筑物的顶上，绯红的光亮染红半江水，十几艘军用小艇飘着红旗在江面回旋驰骋，景象十分奇丽。

那一天，桥头堡东侧的江边石阶上，一群背着救生圈的赤膊男子正朝江中走。

这是一支民间渡江社团，石阶上站满围观者。

渡江者年龄在五十岁至六十五岁之间，岁月沧桑心不老，当天气温大约在十五度到二十度之间，江水很冷，江风很凉，太阳飞快下落，桥基底下出现了阴森森黑影，他们在阴影里走向江水之中，似乎没有组队，也没有约定好的相互救助，只听得江面探出的脑袋在相互招呼说：

“汉口江滩集合!”

武汉人称游泳为玩水，很多男人从小就会。长江，从沿江码头下水，顺江流而下，龙王庙和滨江公园是玩水者的天堂；武昌，从我今天站的地方，武昌桥头堡下的江边石阶下水，汉口江滩公园沿岸都可以上岸，当然随水流一般会冲到防洪纪念碑江畔。

大江之上波涛汹涌，汉水入江口水流湍急，水性差的不敢贸然游长江。

夕阳染红江水间，一群年过半百的渡江汉子，挥臂向下游游去，淡定自若，如同社区散步，看来个个身手不凡，经年累月，以横渡大江为日常功课。

从这一处石阶往上游走，左侧过街到户部巷街口，好玩好吃就不细说了，总而言之很美妙，对我来说，喜欢民主街上的灰砖仿旧小洋楼要胜过那些汉味美食。

当年，商贸重镇兼行政首府的武昌城，沿长江这条街名叫河街，今天的解放路名长街。河街和长街与长江并行，民主路贯通其间。

当天，户部巷内比平常有更多的食客，多半是年轻人，男孩和女孩，人潮涌动，黑压压一片脑袋，每个人手里都拿着各样吃食——油炸的、生煎的、蒸的煮的、甜的咸的、带馅的不带馅，令人口水欲滴，没有食欲也勾动你的馋虫。

找了一家干净的小店，和丫头每人吃一碗糊汤米粉外加一根油条。

然后出来再到江滩。

古时候，这一段江滩地十分繁华。青石铺成的沿江道上，行走着南来北往的过客商旅，道边有石阶，可攀黄鹄矶，游览黄鹤楼。古黄鹤楼离长江很近，离河街很近。

1957 年，武汉建长江大桥，由汉阳龟山，跨越长江，落到武昌蛇山头，两座山，一在江北，一在江南，两座巨大无比的天然石墩，稳稳地托住了这座万里长江开天辟地第一桥，支托武昌引桥的蛇山头自然是黄鹄矶，也就是古黄鹤楼的旧址。

武昌桥头堡基部镶嵌着一块石条，上刻“黄鹤楼故址”，几个看似随意的字，概括了古今名楼的消亡。

今天面对眼前这一行字，没有太多人叹息。桥头堡东西两侧蛇山的山坡上，枝叶伸展的大树下的石凳上坐满人，多数是老人，婆婆和爹爹，聊天的聊天，打瞌睡的打瞌睡，安闲，安逸，面江背山，打发日复一日的黄昏时节，安享生命中最后的一段时光。

古黄鹤楼在或不在，和他们似乎没有关系。

一般人谁会留恋一样没有见过的事物？只有文人空对寂寞。

最喜欢伏在江边的不锈钢栏杆上看风景，这个江段很美，大江辽阔，大桥相距咫尺，火车过江，铁轨撞击声隐约可闻。近几年江滩建得很美，光滑的地坪，随处可以落座的石砌长凳，一棵大树遮蔽头顶。

从这里往上游方向是武汉音乐学院的后门，那里的江边停泊着很多船。

辛亥革命武昌起义当晚，湖广总督瑞澄从紫阳湖畔官邸（今音乐学院）逃出，在这一处江边登楚瑜号军舰逃往汉口江边寻求英国保护。

环顾江滩上的游人，年轻人、中年人、老人，外地人和本市市民，三三两两，坐着、站着、走着的。一个学生模样的女孩子端一部单反相机正拍大江、拍大桥。

一百年前的兵戈杀伐硝烟炮火离我们并不遥远。

太阳没到对岸高楼背后时，我们从汉阳门乘轮渡过江去汉口，武昌江岸残留着淡淡夕照，从轮渡上望汉口对江的武昌城，想起好几年前盛夏七月的一天。

那一天我去武昌寻访武汉百年建筑遗址，从蓝湾俊园附近的江滩回来后写下一段文字：

站在江边，隔江的对岸是汉口茂密的城市森林，正午骄阳，40 余度的室外高温，武昌江岸，宽敞的江滩路边，绿树、长椅、连片的住宅楼，新开辟的江滩观赏区，光滑的五彩地砖，相机镜头穿过寂静无人的小区庭院，拍摄下修复一新的古典式钟楼，以及钟楼周边的楼房。

这里曾经是一片工厂区，国棉六厂，1949 年前的武昌第一纱厂，曾经是一座大型企业，我家亲戚几代人在里边做工，20 世纪末工厂颓废，工人被遣散，厂区变为居民区，厂房全部被摧毁，留下了这座西式古典办公楼，耸立的钟楼成为周围大片住宅楼的点缀。

武昌江滩的 Big House 当代艺术中心

四周非常安静，站在那里，你会感觉到，不仅是你身下的地，身后的钟楼，身边的街道，还有你身前的江水，江水对岸的缤纷城市，浩大而美的整个空间，你都会以为那是属于你的。

汉口江滩

1860 年，汉口开埠，五国租界建立在长江之滨，宽敞平坦的马路，整齐排列的法桐，立柱拱廊的洋楼，花园绿地直铺到江边，沿河街（今沿江大道）绵延数里。沿江大道绵延数里，最美的江滩，最美的建筑。花岗岩基座，高大的罗马立柱，柱头上的卷草雕花，大理石墙面在阳光下白得耀眼。

汉口江滩公园

百年后的今天，汉口老城区风华未减，中山大道和江汉路依旧热闹喧哗，老店铺新商厦错杂耸立，人潮汹涌，车流堵塞。在吃喝玩乐的闹市中心，如果有一片天然的休闲地当然最好。

前几年，除了滨江公园，人们很难直接走到江边去，一道长堤绵延十里，堤内是工厂和货场，堆积如山的机械和货物，拦住你的视野和你的脚。

21 世纪以来开始了汉口江滩公园建设，迁走了所有江滩厂区建筑和码头设施，腾出一大块空地给市民游玩。二十年前，这样的城建规划我们想都不会想到。

三镇江滩，最美的还是汉口江滩，我从小生长的地方，熟悉得不能再熟悉，心和身体都与它连在一起。

汉口江滩公园是长江沿岸最美的风景点。

从闹市中走出，来到长江江边，在江滩坐下，绿色的草和紫色的花，还有从江面吹上的凉风，头顶上的太阳。坐在那儿看船看水，看天看地，和江水相亲，和大自然相融合，这样的风景，只是武汉才有，只有汉口的江滩才有。

夜幕降临，和樱子乘轮渡从汉阳门过江到武汉关码头上岸。

国庆黄金周，当天的轮渡载满乘客。船上人影幢幢笑语喧哗，船下水光摇曳，江上灯光摇曳，机舱里柴油的味道虽然难闻然而亲切。

记得小时候，无数次从花楼街走出来，在江汉关轮渡码头搭船过武昌。

绕过灯光辉煌的武汉关钟楼，给樱子拍下一张背景非常棒的照片。

一位衣着时尚的女子从身后走过来说："刚才看见你选的这个（江汉关）背景很漂亮，麻烦帮我拍一张吧！"

沿江大道的青岛路口矗立着英国和美国两家老银行大楼。十年来为了写作，我在这个街区走来走去无数次。去年还有人在花旗银行门前拍男女模特时装照，旧时代建筑映衬新时代男女，怀旧的唯美，武汉市民的时尚潮。

夏天，江滩公园门前的街边，灿烂的金黄色亮光的街灯下聚集着层层叠叠的人。人们从闷热的屋子里跑出来，到江滩公园大门口乘凉，马路上车水马龙，马路边的人悠闲如坐茶馆，象棋，麻将，练摊，五花八门，吹江风，听钟声，闲聊的，看热闹的，无所事事的，随意随兴地休闲，成为盛夏武汉江边一景。

今天，江滩公园门口人满为患，五彩灯光映亮了巨大拱门，阶梯上堆满五色斑斓的花，走上去，跨进一片梦幻天地。

金色串灯装饰的绿树，银色柱灯装点的石路，孩子们手里提着星星点点的彩色灯笼，天空上漂浮着无数盏红色的天灯。

从上午到晚上，从汉阳到武昌再到汉口，很兴奋很累，我从小摊上买了两串炸圆子和一串豆腐干，找一处石砌花坛边坐下来和女儿吃便餐。

汉口江滩长江边

旁边坐着的一位中年妇人和我聊天：孩子在外地读书，先生的工作很忙，自己很闲，经常来江滩公园，一个人，什么也不做，就这样静静地坐着，白天看江上的船只，晚上看江岸的灯火。

“刚才家人喊我回去打麻将我都没回去，觉得这里很舒服！”她说。

江对岸的武昌城没入夜色，剩下一圈灯光的轮廓。

我和女儿跑到离江更近的沙滩上看人放灯。

一只很大的纸灯笼，很多人围着，一对情侣，祝福天长地久；一大家子老小，祝福家庭和顺事业成功学业兴旺。

人们聚在一起，黑地里笑着说着叫着喊着，往纸灯笼里点燃蜡烛，充满热气的灯笼鼓起来像只巨大的南瓜，带着红色透明的亮光，从人们的手掌间飘起来，冉冉上升，在漆黑的夜色中如一只只光明眼，渐渐升高，渐渐变小，无数只大灯放飞天穹，给天幕上缀满红光闪烁的星辰，悬浮在十月金秋江滩的夜空。

真的很美！

春天可以来这里的沙滩上放风筝。

2012 年春天，和朋友来江滩玩，江上风筝三三五五如蝴蝶上下翻飞。

汉口江滩的风筝摊

我问江边卖风筝的老板："生意怎样？"

"可以。春天当然生意不错，节假日更好！"

阔大的空间，悠游的心情，玩乐也是休息，放风筝的不光是孩子，这天不是周末，来这儿放风筝的都是成年人。

一位中年男士拉紧手里的索线，把一只橘黄色的燕子风筝放得很高很高。

那天江边很冷，天光明朗但是太阳被云层遮住，风很劲，春二月，放飞的季节。

冬天来江滩玩什么？

溜冰、跳舞、跑步、遛狗，怎么会没有玩的？

还有看雪。

白雪覆盖，茫茫一片，这里的雪不用害怕被行人、车辆践踏碾压。空空的江水，空空的雪地，想起来都是无穷的美。

今夜，和樱子玩到很晚，在江滩公园里走，从江的上游往江的下游，汉口人说的："从高头往底下（读 hà）走"，沿着江边那一条笔直宽阔的道。

前前后后的游人，很快乐的样子，仿佛喝醉了酒，兴致盎然地朝前走，不需要问他们到哪里去。绵延不绝的道路，灯火映照着路边的花草树木，轮船在身侧不远的江心驶过，闪着红的、白的、蓝的灯光，悄无声息地驶过夜晚的江流。

汉口粤汉码头

空地上有人玩陀螺，木头大陀螺被大鞭子抽得呼呼作响飞速旋转。曾经在开封皇城公园广场看到当地人玩得兴致盎然，以为只有河南人才会这样娱乐，今晚才知道原来我们武汉人也会。

穿过光亮的溜冰场走出去是旧时的俄租界，俄国老房子在节日的光照中神秘如童话宫殿。

碧水蓝天武昌东湖

有一年去杭州，绕着西湖转了一圈，两相比较，觉得还是我们武汉的东湖好。

东湖位于古武昌城的东郊，是由郭郑湖、水果湖、喻家湖、汤湖、牛巢湖五个湖泊组成的一个自然湖，南与沙湖贯通，经青山港注入长江，江河湖海相通，古云梦泽留下了一泓活水，千年万年也不断绝的水的源头。

20 世纪末，城市建设兴起，市区向郊区扩展，东湖早已划归武昌城市圈以内，景区面积为 81. 68 平方公里，湖区面积达 33 平方公里，相当于杭州西湖的六倍，是中国第二大的城中湖。

地图上看，东湖在武汉市长江南岸，武昌东北部，上窄下宽，像一个巨大的三角形，水域阔大，水岸线绵长，呈“∪”形凸凹曲折，民间传说有“九十九湾”，其实不止，湖区岬湾一共 120 处，天然的半岛和港湾，沿湖岸陆地地貌复杂多样，丘陵、谷地、平野，高低错落，间杂其间；湖水深广，水质优良，出产丰富，莲藕和鱼类是东湖特产，原产于鄂州樊口的武昌鱼（俗称鳊鱼、团头鲂）在这里也长得非常好。

尽管有得天独厚的自然地貌和水资源，但是作为一个风景游览地，东湖的历史并不算长，二十世纪初这里还是一片荒湖，湖上捕捞，湖岸种植，村野田园农家，三两间茅屋，四五条木船，这里是武昌城的荒郊野外，即使是三月踏青，城内的人也很少来到这里。当年的武汉三镇，风光秀丽的地方实在是太多。

在东湖梅岭望东湖

东湖的开发自20世纪三十年代始。1931年，为了纪念蒋介石五十寿辰，在今天东湖梨园景区一带的湖心小岛上建“中正亭”，同时筑长堤和湖岸陆地相连接。三层六面，朱柱绿瓦，翘角飞檐，楼梯宛转而上，看不尽高天四下的风景，1949年后改名为“湖光阁”。此期间，汉口和武昌已有达官贵户来湖区置产，如湖北军政要人夏斗寅在东湖的别墅名为“养云山庄”。

银行家周苍柏在东湖南端买下一大块荒地沼泽，取名“海光农圃”，种植树木，挖掘池塘，修筑道路和堤岸。1949年后，周苍柏将辛苦经营多年的私家园林捐赠给国家，这是今天东湖的雏形。

海光农圃的位置在东湖景区寓言城往南，紧靠湖滨的一块半圆形土地上。石头雕塑的高台上有几间古典式轩廊，室外有姿态优雅的树投下一圈浓荫，石铺的小径旁边有开满荷花的池塘，尖尖梢头的杉树林子之外湖水在闪光——站在伸向湖水的岸边一角，隔万顷碧波，对岸是青若屏障的珞珈山，武汉大学翠绿的琉璃瓦顶在太阳下隐约闪光。身边不远处有人钓鱼，朝湖上甩出长长的透明的丝绳。松林很静，有几只灰色羽毛的喜鹊拖着长尾飞过。

东湖水域辽阔，地貌复杂，东南西北，四面八方，水上岸上，风景各异，分成“听涛”“磨山”“落雁”“白马”“珞洪”“吹笛”六大风景区。

小时候去东湖玩，走黄鹂湾，东湖宾馆建在湖边的缓缓的小山坡上，砖砌围墙进去朝里走，沿湖绵延数里穿入湖区深处，顺着长长一条湖心路走入一处大花园，这就是著名的梅岭。枝繁叶茂的大树间矗立着几栋式样朴素的楼房，明亮的玻璃窗向湖面，这是著名的梅岭 1 号、梅岭 3 号、梅岭 5 号和南山甲所。环境幽静，格调典雅，景观视线好，远处湖光山色，近旁花木森森，曾经是毛泽东来武汉的常住之地，人称湖北中南海，20 年世纪末对外界开放。

东湖梅岭的南山甲所

20 世纪 60 年代，从市中心到东湖，只有一路班车往返——油漆木椅，单门上下的老式公交车，那一代孩子每一次来东湖都如过节一般，从公交车上一冲而下，奔向大门如展开翅膀的鸟雀。

有一年冬天，朋友说约着去东湖看雪，但那一年冬天没有雪，后来十多年间，我每当冬天雪落时就记起了这句话。冬天赏雪去东湖钓鱼台，脚下石台如方舟浮动在湖面，雪花飘飘从天而降，身外皆是琼楼玉宇。残冬初春时，去东湖磨山植物园赏梅花，泛舟湖上，天地间涌来的是湖水的潮气和花的香气。

磨山植物园，面积约70公顷，全园共建有珍稀植物区、观赏植物区、水生植物区、药用植物区、猕猴桃园、松柏园、树木园、竹园等十多个专类园区和园林景区，引进各类植物近4000种，是我国华中地区最大的植物资源收藏中心和中国北亚热带植物研究保护基地。其中有中国最大的梅园，面积约800余亩，里面有一万株梅树，301个梅花品种。

磨山梅园，泥鳅脊白粉墙，黑筒瓦小轩窗，石片铺路，弯弯曲曲，行走在园子的深处，山坡上下尽是梅花树，花开满树满林，连缀成串成片，如璎珞，如织锦，粉红色、粉白色、深红色、大红色，肥美的花瓣，层层叠叠，从枝头上朝人的头顶压下来，你会觉得，天底下再也没有哪一个地方的梅花开得比这里更好。

乘缆车登磨山之顶，金辉灿烂的楚天台上耸立着一只1.2米高的铜凤，长江流域楚文化的血脉，与黄河流域龙文化遥相对应。这于云梦大泽中出生的神鸟，至高在上的神的儿子，五彩斑斓的羽，一飞冲天的翼，优雅旋舞的尾，在上古的苍天云霓间飞升，千万年，到今天，不知是否找到了它当年栖身的那一块土地？

亭内看东湖，湖面更阔，湖水更碧，湖光山色没入天的那一边，心灵神思飞得很远很远。

行在湖边，浮在湖上，荡漾在湖水之间，烟水迷茫处，让你沉醉得找不到自己。

湖北博物馆坐落在东湖之滨，乌红瓦顶，朱红窗棂，粗犷的石头门柱，光滑的石头廊台，取楚国宫殿建筑格局，占地6.4公顷，属中国大陆规模最宏大、门类最齐全、功能最完备的古乐器陈列馆。

曾侯乙墓出土战国时期巨型青铜编钟器群、曾侯乙墓出土战国时期

东湖磨山楚城

的青铜编磬、越王勾践青铜剑、黄陂盘龙城出土商代大玉戈、战国时期虎座鸟架鼓……“物华天宝、人杰地灵”的城市，方圆内外，每一寸土下都有珍藏，20万件举世瞩目的珍品，将虚幻的远古神话变为瑰丽的眼前真景。

好几个朋友都家住东湖之滨，离鸟语林很近，每天清晨都会千百只鸟的鸣叫声唤醒。虽然这里不是市区中心，平时也不热闹，商店也不太多，有点归隐式的寂寞，但是，这里很好，空气新鲜，风景优雅。白天，太阳沐在湖里，阳光也不耀眼；夜里，风清月白，没有车马的喧嚣和人声的鼎沸，心很安静，可以写诗，可以画画，地道的闲人雅士，悠闲自在的日月——东湖之畔，可以终老，他们说。

有一天，我乘车沿着东湖路行驶，绕着湖跑了大半个圈。正值深秋，阴晴不定的天气，湖上漂浮着轻淡的雾，车在武汉大学后门停下，一群人走到离湖很近，凉风从天外吹过来，岸边树枝摇动，湖上波涛涌起，无数只雪白的鸥鸟在湖面翔舞……

浪涛拍岸的声音，鸥鸟鸣叫的声音，人们说话的声音，时间和地点，情景和音响，人和事，一切都能忘记，唯有东湖记忆长久。

东湖听涛区钓鱼台

南洋烟厂·武汉国民政府

小时候（说的是1956年的事），家住循礼门，江汉北路路口（湖北日报职工宿舍），隔着新修好的解放大道，一片空场过去，长长一圈砖墙，围着一个大院，大人说那里边是南洋烟厂，和我家同一个楼道的邻居阿姨就在那里做工……

60年前，我之所见，风光景物以及人和事，后来才知道大多都和武汉城市历史密切相关。人活老了就是历史，这个人生哲理，小时候哪里懂？

回到儿时的循礼门——例如离家不远的京广铁路，例如每天来去的循礼门车站闸口，例如紧靠铁路的南洋烟厂，例如和南洋烟厂隔街（江汉北路）对望的刘歆生花园（刘园）。

当年的阔大天地（对于一个小孩子来说），今天的方寸之地（对于一个历史研究者来说），南洋烟厂给我留下的印象只是一个地图上的名字。

循礼门车站北面紧邻着刘园，清代汉口最大的私家园林，很早就荒毁掉了，20世纪中期到末期，还有几棵枝叶茂盛的大树被一圈厚厚的灰墙圈住，如今再去，园子和老树没有了，因为地铁修过来了。

园子的主人刘歆生，当年的气派真是威威赫赫，京汉铁路以北，上自舵落口、下至丹水池，四分之一是他的土地。20世纪初，他把江汉路（旧名歆生路）从英租界一直修到京汉铁路以北的循礼门刘园的大门口，为了自己的方便，顺带也方便了别人。

浓墨重彩，历史的一笔，商界介入政界，商人介入政治，在武汉，讲到中国现代史，从北京政府到武汉政府到南京政府，从北伐战争到宁汉合流到国共分歧——汉口，南洋大楼，成为历史界碑的存在。

1986年，南洋大楼三楼设立武汉国民政府旧址纪念馆。

百年盛衰法租界

汉口法租界工部局及巡捕房（已毁）

法国曾在中国四个城市设立过租界——广州、上海、天津、汉口。

1861 年汉口开埠，长江北岸设英租界，接着，德国和日本在英租界以下（长江下游）设立租界，中间空出一大块地面，英国人拿来跑马。

1896 年，俄、法两国将这块“空地”一分为二，划为两国租界——洞庭街法国领事馆圈进法租界，领事馆对面俄商李维诺夫（S. W. Litvinoff Villa）住宅圈入俄租界。

曾经，法国海外领地遍及全世界——北美洲、南美洲、非洲、大洋洲、南极洲、大西洋、太平洋、印度洋……1883年以后进入亚洲——东南亚（今越南、柬埔寨、老挝）成为法属殖民地，欧洲人称“印度支那”（即印度和中国之间的一块地方）。印支战争刚刚结束，法国立即开始在中国开埠口岸占地投资，于是有了汉口法租界。

19世纪的最末几年，至20世纪二三十年代，法国人开始在租界内大兴土木建设。

1902年，法租界越过中山大道（后城马路）向北扩张，1919年至1920年抵达大智门火车站。

大智门火车站位于汉口京汉铁路（京汉大道）和车站路丁字交汇处，车站路从火车站站房大门口起始，也就是法租界玛领事街（即车站路）的起始。

火车站，铁路线，属于黄金宝地，这就是法租界扩界的原因。

法租界在汉口，开发时间不算最早，留存时间却是最晚。

1919年，德租界改为汉口第一特别行政区；1923年，俄租界改为汉口第二特别行政区；1927年英租界改为汉口第三特别行政区；日租界前后收回来两次（1937年和1945年）；法租界留在汉口的时间最久。

2013年末，我在汉口法租界走得最多，时间飞逝而去，留下岁月的痕迹，老洋房色彩斑驳地掠过身体两边，老法桐（其实不是法桐是英桐）叶片浓密地覆盖在人的头顶，人行其间，就像走进一部老电影，黑白胶片和彩色胶片思维中现实中交错回放。有些东西永远也不会消失，毁掉实体，还有记忆。

公馆、公寓、里弄，戏园子、电影院、百货店、茶楼、酒肆、妓院——商业区和居民区绵绵密密地缠裹在一起——20世纪初的殖民印记，亚洲、欧洲，中国、法国，最时尚的和最陈旧的，最高雅的和最低俗的，风情万种，光影迷离，宛转如歌、热闹如戏、浓烈如酒。

最豪华的酒店（德明饭店）、最好的理发店（长生堂）、最好吃的冷饮店（和利汽水厂）——蓝白相间条纹布篷，汽水和冰激凌，小圆桌和靠背椅，营造巴黎街头咖啡屋的优雅，因为在法租界的地皮上。

陪法国朋友游览汉口法租界（2018 年 5 月）

从友益街、黄兴路、车站路、蔡锷路到一元路，从大智门火车站到长江江滩，汉口城区版图上，长长窄窄的一块地面，住的人，玩的人，就这么纸醉金迷、笙箫弦管地打发眼前的日子。

不是没有过晦暗的日子。1938 年 10 月，汉口沦陷，侵略军打破了法租界的“安宁”。

欧美各国侨民纷纷离开汉口，洞庭街的立兴洋行大楼中，昔日洋行高级洋员的居屋里塞满逃避战乱的华人。

日本人拽住平汉铁路不放，占领大智门火车站之后，牢牢盯死车站路(周边为法国人的地盘)。

1940 年，太平洋战争爆发，日本和英美两国公开翻脸，日占领军强行进入汉口第三特别行政区（原汉口英租界），顺带取得法租界行政管理权。

汉口法租界自 1896 年设立以来，行政管理权一直由法国驻汉口总领馆总领事直接掌控，而汉口英租界及其他租界行政管理权则由租界工部局掌控，必要时征询领事馆意见。

汉口黎黄陂路步行街

1942年，法国维希政府派遣领事施尔满来到汉口，日本军人从法租界撤走，法租界的居民悄悄松了口气。1943年，维希政府领事将租界管理权移交武汉市汪伪政府。

八年沦陷，汉口法租界成了没有能力逃离或不愿逃离的华人的战时庇护所，东北、华北、江浙、湖北周边省市，四面八方的难民涌进汉口，涌进法租界。街头巷尾，拥挤不堪，污秽不堪，断水断电，食物供应匮乏……战争的阴霾，渗入每一幢房屋和每一条街巷，无论人们躲到哪里。

1944年6月，盟军英美法部队在诺曼底登陆成功。8月30日，戴高乐在巴黎宣布成立法兰西共和国临时政府。1945年二战结束。法国戴高乐政府委派总领事葛礼邦接手维希政权法领事职务。

1946年2月，中法两国政府签订《中法关于法国放弃在华治外法权及其有关特权条约》，汉口法租界正式移交中国。

英国作家詹姆斯·迈克马努斯的小说《黄石的孩子》于2008年被改编成同名电影引入国内，原著中有一个篇章专写中国汉口，其中有这样一段文字：

> 那些经历过战争的城市……总会因为战地记者的驻扎而涌现一批著名酒店，那是记者们在一起交流、喝酒、相爱或者背叛对方的场所。在西贡有著名的洲际酒店的酒吧，在索尔兹伯里有奎尔俱乐部，在贝鲁特有考曼德酒店，在中国的汉口则有美国海军的俱乐部和其附近的德明饭店……史沫特莱就是海军俱乐部和德明饭店媒体喝酒、聚会的核心人物……

上述情景发生在从1937年到1938年，西方各国的战地记者随着南京国民政府的西迁而一起涌入汉口，在汉口租界寻找适合他们活动的场所，其中就有德明饭店。

德明饭店位于胜利街245号，英文名为Terminus Hotel，1949年后更名江汉饭店，现关闭待修复中。

德明饭店和新闻记者的“亲密关系”的确是有渊源的——记得小时候，看到一张父亲的照片，西装领带，年轻帅气的样子，姿势文雅地坐在一间老式样的大房子里——父亲说当时他在德明饭店。1947年他在汉口《大刚报》做编辑记者的时候去过那里，大约是一次记者招待会，具体什么事我没问，父亲也没说，总之在那里遇到拿相机的媒体同行，于是就有了这张照片。父亲告诉我：德明饭店就是江汉饭店。

小时候，家住胜利街85号，每一次去蔡锷路解放电影院或者武汉电影院看电影，父亲和母亲两边拉着我的手在街上走，一定会从这一幢漂亮的大房子的门口经过，想不注意到它都是不行的，在街边它是那么美，雕花的门斗和伸向花园的门厅，好像童话中的房子。

德明，即英语“终点”（Terminus）的谐音，其含义是：京汉铁路以汉口为终点，四海旅客以“德明”为“终点”。

史录1949年前在此下榻的政界名人有：蒋介石、李宗仁、程潜、白崇禧、唐生智等。

德明饭店（图为武汉电视台的大型艺术长纪录片
《汉口老房子》正摄制中，时间是2007年）

美籍华人女作家聂华苓在她的著作《三世三生》里写她小时候（1927年前后）住汉口洞庭街（旧名两仪街）旧俄租界，常常从德明饭店门前过，"进出的尽是些高鼻子蓝眼睛的洋人……"

1932年，国际联盟调查团就"九一八"事变来华调查时，下榻德明饭店。1938年1月，美国著名作家史沫特莱在德明饭店举行记者招待会，向中外人士介绍八路军开展抗日游击战争的情况。1945年和1946年，中共和谈代表周恩来、董必武、李先念、王震等人先后多次住在德明饭店，并在此办公。1949年2月，国民党代总统李宗仁在德明饭店大厅举行了盛大的"武汉各界代表"招待会。

1949年5月16日，第四野战军先驻扎德明饭店，1954年德明饭店改名为江汉饭店，成为湖北省接待外宾的主要场所，胡志明、赫鲁晓夫、布尔加宁、尼赫鲁、吴努、哈马舍尔德（联合国秘书长）、苏加诺、伏罗希洛夫、西哈努克、范文同、吴奈温、艾地、苏发努冯等国际知名人士和重要访华代表团先后下榻于此。

就是在上述的这一段时间，毛泽东来过德明饭店（当时已改名为江汉饭店），开会、吃饭、接见外国宾客。

中山大道的欧式连排体居民住宅

德明饭店当年的地址是“四民路 185 号”，汉口法租界四民路最早名叫德托美领事街，后来改为四民街，1946 年抗战胜利后，改称胜利街至今。胜利街是条大有名气的街，横贯五国租界，沿街西式建筑争奇斗艳，德明饭店是其中最引人注目的一幢。

德明饭店为砖混结构，三层，建于 1919 年。法国商人沈保禄（也译为圣保罗）投资兴建，法籍犹太人史德生夫妇设计，工程施工时因承包商（建筑工程公司）亏本，在完成基础工程后潜逃，后经担保人赔偿才于 1919 年完工开业——西式建筑进入中国初期，经常有华人承建商因为没算准建筑成本而吃大亏。

它呈现出文艺复兴风格，又融入法国古典主义，覆斗状铁皮瓦屋面，典型法式风格，营造出一种艺术的温馨感。圆形的老虎窗上一只只张大的

"眼睛"与花纹凸浮的墙面相映成趣。向街心凸出的门斗，带凹槽的雪白爱奥尼立柱，四角外卷的柱头如盛开的白花。墙面上黄的部分的涂漆白的线条，窗和墙之间有雪白雕饰。

往内走，沿几级石阶进入大门，通过木框旋转玻璃门前往幽暗的门厅。

西南侧有室外长廊直通花园，旋转玻璃门通往富丽典雅的大堂，四壁有护墙板，脚下的大理石地坪上铺着深红色金线绣花羊毛地毯，放置着法式大沙发，金光闪烁的水晶吊灯空中悬垂而下。

德明饭店当年汉口最高档的饭店，无论是外观陈设，还是现代化生活设施，总而言之，自它以后十几年，武汉三镇独此一家，直到1931年建成的璇宫饭店也只能较量而不能盖过。

2007年7月，因为电视艺术片《汉口老房子》的拍摄，我们来到德明饭店，客房内架起摄像机，摄取一百年光阴过往的痕迹——房间的陈设依照20世纪二三十年代的老样子，深褐色的家具、乳白色的床品、栗灰色的条纹沙发椅、低低落下的木百页窗，不张扬的典雅，低调的奢华，地道的

法国东方汇理银行的法兰西巴洛克风格砖雕

法式氛围，精致华丽的温馨感。

饭店大堂的木楼梯称得建筑木构架精品，扶手雕刻精美绝伦。那一天，模特从这架老楼梯顶端往下走，高跟鞋在幽暗四壁间敲响，绛红色的丝绒旗袍长摆拖在橙黄色的木头阶梯上，青春年少的影子映进法国老房子的背景。虚拟的故事，真实的场景，摄像机镜头静静地跟着，录下一段时空交错的画面。

俄租界的美丽和沧桑

1896年6月，汉口俄租界建立，紧邻英租界，连接法租界，自长江江滩起，至中山大道止。

1902年建成的汉口俄租界工部局巡捕房（已毁）

1638年，俄国驻中国使臣斯达尔可夫，带六十四公斤中国茶叶归国，作为厚礼献给新兴的罗曼诺夫王朝。

沙皇米海尔·罗曼诺夫尝过之后，觉得“味道好极了”，于是对这位俄罗斯驻中国使臣以及由他带到彼得堡的味道苦涩的中国“草叶”大加赞赏，从此，中国开始向俄国出口茶叶。

俄国地处高纬度寒温带，进口中国茶叶，自有他们独特的饮茶方法。为了方便长途贩运，茶商将茶叶加工成结实的小块茶砖，就是青砖茶，运到俄国境内，喝茶时将茶砖敲碎成末，搁进黄铜茶炊，放在炉子上烧煮，然后往里边加糖加奶，借着热气腾腾的茶汤来抗拒漫长严寒的俄罗斯的冬天。

喝茶，成为一种时尚，由上流社会流传到了民间，原本贵族才可以拥有的生活享受，渐渐为俄国普通民众效仿，茶叶需求量激增，运往俄国的茶叶也就源源不绝。华俄茶贸利润丰厚，由是刺激俄国人离开故乡不远万里来中国，全程介入横跨欧亚两大洲的华俄茶叶贸易。

汉口开埠之前，华俄茶贸中国境内一段由山西商人经手，长江流域及岭南的茶叶集中在汉口汉正街茶市收购囤积，由车船骡马北运，经恰克图（清代中俄边境重镇当时属中国），然后俄国茶商接手，运销莫斯科和彼得堡。

利益驱动，俄国茶商不再满足“转手生意”。19 世纪中叶，俄国茶商越国境，从北向南，直取中华内地，在汉口扎根，包揽华俄茶叶贸易由始到终——从茶树栽培、茶叶采摘、茶叶加工、茶砖从汉口起运，海运陆运数条路线一直运到俄罗斯境内。

俄国人是来汉口最早的一批外国侨民，当时，汉口还未开埠，据清政府地方官呈报：1860 年前，长江北岸（汉口），美国人和俄国人船运走私肆无忌惮。俄国人“走私”自然因为茶叶。

1862 年，清政府与俄国政府签订《中俄陆路通商章程》，给予俄国在华贸易“优惠”待遇。一百多家中国茶商无法与之竞争。俄国茶商“冠冕堂皇”地进驻汉口，挤占山西商人经营两百多年的华俄茶叶贸易。

当年，汉口俄国茶叶贸易公司多达数十家，财势最大是四家：新泰、阜昌、顺风、源泰，人称汉口“四大俄商洋行”。俄租界没有设立前，俄国商人在英租界买地，开商行、建工厂、建住宅、建教堂。汉口英租界阜昌路（今南京路）方圆一片地皮，街道和房屋都是俄商阜昌洋行的产业。

当年在汉口的俄国人非常想要一个属于他们自己的地盘，就像1861年登陆汉口的英国人那样。

1891年4月，年仅二十二岁的俄皇太子尼古拉·亚历山德罗维奇（即俄皇尼古拉二世）参加新泰洋行周年庆典，乘军舰跨海来汉口，受到湖广总督张之洞的盛情款待。

推想汉口俄国茶商借此机会向尼古拉皇太子“倾吐”他们积压多年的“思虑”和“计划”，希望皇室支持设立汉口俄国人“管辖区”。

年轻的俄皇太子当天一定听进去了而且也心动了。

1894年，尼古拉二世继位。1896年，汉口设俄租界。

汉口俄租界建立，俄国人找到了家的感觉。

与巴公房子隔鄱阳街，有一排长长的联排体商埠是英商怡和洋行的房产，出租给各个商家，有一间俄国人开的邦可西餐厅（也称邦可西点店），他家的面包和俄式大餐，老汉口人很爱。

曾经进里面去过，二楼内空很高，灯光幽暗，铺着淡黄色枱布的小方桌的中央放着锃亮金属钩环的玻璃佐料瓶，牛扒和罗宋汤，地道俄国口味。

手头两张照片，拍摄时间分别为2004年4月某天和20世纪四十年代某天，照片中看“邦可”，看不出岁月滑过的痕迹。

“邦可”间壁隔两家门面——汉口鄱阳街139号，是中共“八·七会议”旧址，一间漂亮的私人公寓，从底层街边大门进去，两道楼梯并列直上，二层拱券透空，典雅的西班牙式，玻璃窗外廊，一间幽暗的大房间依照当年（1927年）会场实景布置，放着深褐色长桌和靠背椅。

汉口洞庭街和鄱阳街、兰陵路和黎黄陂路，两条直街和两条横街交会的地面，矗立着一幢巨大的红砖砌成的老房子，像一艘行驶在海面的大船，∠形的船头将街面往两边劈开，角尖处，街道朝五个方向呈星状辐射。

房主是俄国茶商K. J. 巴诺夫，因为其在俄侨圈中的显赫地位，当时人称“大巴公”。

1909年，K. J. 巴诺夫投入资金15万两，由景明洋行设计，永茂营造厂承建，在俄租界离长江不远的地方建起这幢红砖大楼，出租给各洋行的外籍高级职员居住——巴公房子，汉口俄租界最耀眼、最具历史感的建筑。

巴公房子和右侧的怡和房子都属原俄租界地面

美籍华人作家聂华苓写道：“一九二八年，我家住在汉口旧俄租界两仪街（今洞庭街），俄租界两仪街的三岔路口，有个上海理发厅……理发厅对面有一个白俄女人开的小店，玻璃橱窗里摆着一把彩虹小阳伞，永远摆在那儿，逗得我心痒痒的。”

她文中提到的“三岔路口”，指的是巴公房子尖端四条街的交会处。

上海理发厅已经消失，白俄女人的小店消失得更早。

巴诺夫（J. K. PANOEF）是一位俄国贵族，沙皇尼古拉一世的表兄，1869年来汉口，1874年参与俄商阜昌砖茶厂管理业务，曾经被任命为俄国驻汉口总领事，1896年汉口俄租界设立推举为俄工部局议员。

传说J. K. 巴诺夫天生精明能干，在政界商界均魄力过人，没有俄罗斯皇室末期贵族的腐朽气，来中国内陆没几年就能说一口流利汉语，摸清了三镇风土民情，亲自出面与华洋商家、政客沟通斡旋。例如，低价购入俄租界地皮转手卖给汉口英商怡和洋行的杜百里。当然对方也是财大气粗的主，于是有了上面说到的英国人建在俄租界的怡和房子，商埠楼、办公楼、住宅楼，占了黎黄陂路方圆一个街区。

他一生值得记录的两件事：一、在新泰洋行周年庆典上代表汉口俄国侨民向俄皇太子尼古拉致欢迎辞；二、投资建造汉口第一幢大型公寓楼巴公房子——前者是他个人的精神荣耀，后者是他给城市留下的实体记忆。

“十月革命一声炮响”，俄租界撤除，华俄茶叶贸易停止，喧嚣半世纪的俄国茶商渐渐淡出公众视野。

新泰洋行转给了英国茶叶商人，是否真正“名存实亡”不清楚，只知道新泰洋行大楼（原址重建新大楼）建于 1924 年，照理说那一年新泰洋行已经易主。

汉口俄商新泰洋行大楼

皇昌洋行的命运与新泰洋行相似，俄国茶商出手转给了英国茶商。

与皇昌洋行一向若即若离的大巴公去向不明。

2007 年，随武汉电视台《汉口老房子》摄制组去天津，天津文史专家告诉了我们一点“信息”。

1919 年后，J. K. 巴诺夫依然留在中国，他在中国大陆的白俄圈内备受尊敬，流亡异乡的俄国人借他的皇族身份寄托王朝崩塌荣光不再的哀思。

俄皇尼古拉二世一家惨死于叶卡捷琳堡。俄侨圈的显赫人物大巴公在社交场合保持低调，他是一个聪明人，往来汉口、天津两地，安静享受在中国赚到的巨额财富，直到 20 世纪四十年代因心脏病突发死在从天津到汉口的火车上。

李维诺夫别墅离巴公房子不远，楼底层曾经有一间酒吧，名叫别克 · 乔治。

安静、优雅、复古，非常布尔乔亚。老房子为衬底，所有精心营造的氛围看起来很真实。酒客很多，来得最勤的是老外，不光在夜里，白天也

李维诺夫别墅一侧的拱券门廊

进来坐着。房间里光线黯淡，玻璃杯荡漾着葡萄酒，壁炉燃着炭火，轻声细语的人们，那一刻连音乐都是多余的。

李维诺夫（S. W. Litvinoff Villa），又译李特洛维夫或季凡诺夫，俄国茶叶商人，1861 年来汉口，汉口的俄国茶商中数他来得最早。1902 年，他在俄哈路中段（汉口法国领事馆对面）置地建房。

洞庭街李维诺夫别墅，斯拉夫风格浓郁，清水红砖墙，玻璃门廊，屋顶设计奇特，房子周围有很大的花园。

据零星史料记载：顺风茶厂在汉口是当年纳税大户，厂主李维诺夫经常携带家眷参加租界达官富户聚会，在汉口俄租界，他和他夫人的房产不止洞庭街一处（沿江大道有李维诺夫夫人的房产）……在汉口他们一大家子人过得很快乐。

1938 年，汉口沦陷前，李维诺夫儿子一家离开中国去美国。

从 1861 年到 1938 年，李维诺夫祖孙三代在汉口生活 77 年。

20 世纪末，李维诺夫的孙女回中国探望“出生地”，说祖父（李维诺夫）当年（大约 20 世纪初）逝世在汉口，葬在汉口俄人公墓。

汉口洞庭小路俄国驻汉口总领事馆大门

这个墓地在哪里？我不知道。

美国约翰·霍普金斯大学教授罗·威廉（William T. Rowe）在《汉口——一个中国城市的商业和社会》一书中说：西方商人来汉口就是为了做生意，很少有人愿意在此安家，因为汉口，夏天天气“燠热”，离入海口太远，而且经常社会波动，大意如此。

这个结论不准确，譬如我知道的几位俄国茶商，从来都没有“嫌弃”汉口。

远道而来的德意志

1861年，汉口开埠，划租界，设海关，长江航运与四大洋五大洲港口相连通，开放贸易，繁荣经济，现代化城市建设从长江北岸开始。

1895年，德国在中国汉口设立第一个租界。远道而来的德意志，在长江江滩强势登陆。

德国驻汉口总领事馆位于汉口一元路

翻开中国城市发展史，德国人来汉口，并不比英国人和俄国人晚。

汉口开埠当年，1861 年，德国礼和洋行汉口分行设立，与英国宝顺洋行和英国怡和洋行汉口分行设立时间在同一年，属最早来汉口的三家西方商行之一。

1871 年，俾斯麦首相推行铁血政治，经过普法战争，统一德国，德意志帝国建立，接着又完成第二次工业革命，经济、科技、思想、文化高速发展，德国迅速崛起，超越英国成为欧洲第一强国。

1888 年，德皇威廉二世加冕，抛弃固守欧洲的保守国策，扩大海外贸易，扩张海外殖民地。

汉口德租界设立，表面上成就了德皇的雄心大志，实际上给予德国商行和德国侨民一处居留地。德租界工部局招商引资，德国商行、英国商行、美国商行，以及其他西方各国商行，包括众多华人商行来此购地置产，从无到有，荒芜沼泽建新城，二十年后成为中国开埠城市的楷模。

汉口往事，外滩记忆，厚重的历史蒙上岁月的尘土，若隐若现的神秘感激励人们追根溯源。斑斓五彩岁月不会随时间流逝而褪色，珍惜今天应从挽留昨天开始。

翻开武汉三镇历史街区图，长江北岸，汉口五国租界，面积最阔、规划最好当属德租界，街区规划严谨方正，街道排列横平竖直，六条大街，六大码头，万吨远洋轮出入港口畅通无阻。

1905 年，京汉铁路通车，汉口大智门车站专设一段铁道，纵贯德租界，经路易莎大街（今三阳路）直抵江滩德国二码头，水路和陆路在此衔接，铁路时代到来，黄金时代到来。

20 世纪初，德国商行和德国银行财力惊人。湖广总督张之洞兴建汉冶萍公司，向汉口德国礼和洋行借款 400 万马克，德华银行也先后向中国政府提供借款近一亿美元。

20 世纪初，德国工业科技世界领先。湖北工业基地建设，武汉三镇现代化建设，机器生产、电力控制，电灯、电报、电话，德国西门子洋行因此留守汉口 33 年。

汉口天津路口的德国西门子洋行

现代化城市建设，贸易、金融、科技，缺一不可。

汉口长江之滨的沿江大道上，各国银行面江而立：日本横滨正金银行、美国花旗银行、英国汇丰银行、华俄道胜银行、法国东方汇理银行、德国德华银行……黄金贸易港，金融一条街，前世今生，起承转合。

20世纪三十年代，德国女记者王安娜游汉口后写道："……现代化的大厦和银行，巨大的仓库，那些美丽的花园别墅和高级旅馆……汉口给人印象与其说是中国城市，不如说是国际性都会。"

三阳路，原名路易莎大街。整洁宽敞的街道，两旁是欧风古典的房屋，花朵盛开的花园，绿叶阔大的行道树下驶过四轮马车和小轿车，走过皮靴锃亮礼帽高耸的男人和撑着花伞穿着连衣裙的女人……

德租界中心，城区图中轴。德皇威廉二世胞弟海因里希亲王率领舰队溯江而上，在此处的码头驻锚登岸进行国事访问……

今天，站在天悦金融中心的高楼上，玻璃窗外，长江江面的阔大风景尽收眼底——眼前江滩和江水，身下车流和人流，知音号轮船璀璨的灯光，市政府大院中摇曳的花影……对面武昌，身后汉口，过去和今天在这里重叠，一百五十年，世代金粉，时光永恒。

原德租界地段的长江江滩

本文题目借自和我合作调研汉口德租界历史的几个小女孩起的文案标题。特此注明并感谢！

汉口新天地

汉口新天地的60年代建筑

汉口长春街，位于武汉市东部边缘，旧时日租界地面。

2004年5月1日，我和胡西雷来到汉口长春街，沿街寻找老建筑，从街道最末一个门牌号码开始，一直走到街道顶头“长春街1号”为止，好在这条街不算太长。

从小到大一直住在汉口市中心的我，一直以为，汉口长春街永清片，属于城市边缘的偏僻地区，贫瘠荒凉，不值一顾。

那一天，我真的很惊讶！沿着安静的小街，往城市的边缘走（当时我认为的“边缘”），也就是往门牌号码数字少的那一头走，市井喧哗渐渐远去，街道越来越干净整洁，两边的建筑越来越漂亮，新古典主义和巴洛克风格混合的老房子寂寞灰暗地耸立，黑色砖墙黑色立柱石头台阶，好像进入哥特风的魔幻世界。

再往前过卢沟桥路，长春街尽头，一大片砖瓦乱七八糟堆积，废墟中几幢老房子立在原地，任风吹雨打，到底有几幢？当时根本顾不得数。天下着大雨，灰色雨雾阻碍我们的拍摄，相机都不敢掏出来，被淋得透湿，浑身冰冷，还好依然留下了几张照片，为了我的书《武汉老公馆》。其实直到今天（2020 年）我也不知道它们是谁的公馆？但是，没有关系。来了，看了，就行了。

新天地建成前，一片废墟，你来过吗？

我来过。

1898 年，汉口日租界设立，空置十年，1909 年开始建设，规模远不及其他四国租界，但是自有特色。

绿荫覆盖，地旷人稀，街道不宽，横平竖直，建筑不高，式样简洁。

体量较大的高层建筑也有几幢，巴洛克风格的三菱洋行（已毁）和文艺复兴风格的日本总领事馆（已毁），隔山崎路（今山海关路）并排立在长江边，曾是日租界的排面。

当年日侨人数为汉口外侨之首。其中原因，1905 年日本驻汉口总领事小野寺古在其著作中说得很清楚——“东方芝加哥”，别以为他在夸你——当时（明治维新后）日本军政要人人多执“日本一定要占领统治中国”这一后来付诸行动的法西斯主义观点，所以日本民众纷纷移民中国，从东三省到中国内陆，其中汉口是他们重要迁徙地、栖居地。因为他们觉得可以久住并有朝一日成为“主人”。

日本人（汉口日本侨民和日本驻汉口外交官）对汉口的喜欢是真心的，但并不止于“借地生存”（例如设立日本汉口租界），他们的喜欢是想以强力“据为己有”。

这就是第二次世界大战发生的原因（之一），日本军国主义者是这场惨绝人寰战争的罪魁祸首，包括煽动对华侵略思想的东京帝国大学毕业文职官员水野幸吉。

日本侨民以此地为家乡，过着一种“与世隔绝”的都市田园生活。

1907年，日租界扩界，朝京汉铁路朝长江下游横竖拉开420亩地（包括今天新天地），售卖地皮，招商引资，吸引华界达官贵戚来城市荒郊大兴土木建公馆。一幢幢洋楼竖起来，一百年后，成为汉口新天地建设的基础，当年哪里想到今天？

长春街公馆群，各种各样传说：有说黎元洪在此住过，有说吴佩孚在此住过，有说日本高官或日本富商在此住过，夏斗寅（湖北省主席）在此住过……前面几个传说没有得到证实，最后一个据说不是传说，但也没有得到证实。

1944年11月，美国空军对汉口进行大轰炸，日租界毁成一堆瓦砾，包括扩界区的街道建筑，即便如此，依然有几幢房子侥幸留存——三菱洋行、日本神社、日本军官住宅，以及长春街和胜利街上不多的几幢小洋楼，另外还有新天地里面的九幢公馆。

长春街的老公馆

当天（2004年），九幢公馆其中一幢的楼下，一个卖饮料的年轻人告诉我：许多年前（指20世纪七十年代八十年代），这里是一个好地方，“街到了头（长春街），前面没有路，不通汽车，过路人也蛮少，树蛮多，老房子蛮多，空气蛮好……”

2003年旧城改造，战火中幸存的三菱洋行和日本神社被拆掉。

接下来推土机对准了武汉铁中校园外的一大片街区。

长春街顶端的九幢公馆楼在当地民众全力护佑下逃过这场文化劫难的摧毁。

那个雨天，我摸着栏杆踩着台阶进到屋子里，一处处细细看，罗马柱、高台基、白石阶、铁花栏杆、雕花墙面、水磨石地坪……我不知道它们的未来。

很多人为它们的命运担忧，直到香港瑞安集团拿下这一片地的开发权。

时间转到2007年，汉口新天地（也叫武汉天地）落成。

我曾经到过上海新天地。

汉口新天地一景

上海新天地，在原有的街区石库门结构的基础上改建和重建，保留老弄堂四面临街的原建筑结构，将旧式的砖木构筑的中西式民居，改变成临街玻璃幕墙的现代派店堂，开辟露天广场，围绕广场设酒吧、餐厅、歌舞厅、商店，喷泉、水池，还有小型展览馆——魔都上海的优势，主消费趋向是国际化的。

武汉天地，比较上海新天地，相似之中又有不同。在大片的废墟上重新规划建设，譬如长春街“残存”的九幢公馆成为商区的点缀，立柱、高阶、拱门，沟通连接商店、餐厅、咖啡馆、酒吧，20世纪初欧式建筑与20世纪末现代建筑完美组合，时尚元素与古典元素完美组合。

残砖碎瓦间保留下来的法国梧桐，树干粗壮、枝叶茂密，让汉口新天地有了有年头的风景。

汉口虽然是一个老城，但是后来（也就是现在）让人流连玩耍的地方并不很多——指可以坐在很安静的室内，装饰简洁优雅隔窗看见花草树木那种，所以十几年间每隔不久就会来这里一趟，工作、聚会，有时单纯吃饭或喝咖啡——树木和房子（老房子和新房子）都得我的喜欢。我喜欢

汉口新天地小吃街

的，就是好的。

曾经和一堆朋友在新天地后期广场中香港人开的酒吧送别朋友，修订这篇文章的今天，那间东南亚风情的酒吧已经歇业不见了，当天送走的朋友离开武汉三年还是四年已经不记得了。但是，我还记得酒吧里的装饰摆设，酒桌上的情景氛围，吃菜、喝酒、聊天、合影，最后一堆人出来，在麻洋街边说说笑笑地告别。

新天地去过太多次，最初的废墟记忆清晰，这晚的聚会记忆清晰。

新洲问津书院

新洲旧街孔子河畔问津书院，中国最古老的书院之一。

离城市很远，先前不曾听说过，因为去那儿的人太少（指近代以来），距离武汉市区 60 公里，开车也得两小时。

新洲区旧街镇孔子河村，村外山腰上，有一处古建筑，背依孔子山，门临问津河，远远看见，白墙青瓦，耸然而立，也有一番气势。

明《统一志》、清《湖广通志》载：“相传孔子自陈蔡适楚，至此问津”——问：“这条河的渡口在哪里？”

传说，在汉代，在这座山（孔子山）的山脚掘出一块石碑，上刻“孔子使子路问津处”八个秦隶大字。淮南王刘安命在此建亭，将这块石碑立于亭内，同时在孔子山建孔子庙，设私学，就是后来的问津书院。

“问津”二字，本来是尽人皆知的典故，将这个典故搬到这里，那就是一个很好的策划了。史载孔子游学，从陈国、蔡国经过，抵达楚国上蔡（今河南上蔡县），没有来到今天的湖北新洲。

虽说如此，也没人置疑，因为当时大家都尊孔，在黄河以南建一座孔庙很好，推广儒学在长江流域的发展。汉代是儒学兴盛的时代。渐渐地，孔子庙的名气传扬开去，四方儒生及达官贵人纷纷前来拜谒，孔子山和问津河成了儒生向往的地方。

历代名士来到这里，或观光游览，或说书讲学，传说有唐代的杜牧，宋代的孟珙、朱熹，元代的龙仁夫、吴澄，明代的王阳明……

朱熹晚岁曾经来此讲学，于宋庆元六年（公元 1200 年）题诗赠给“孔子山庙学”。

元初年，儒生龙仁夫选这里为归隐地，孔子庙更名为问津书院，历史上与白鹿书院、东林书院、岳麓书院并称中国四大书院。

新洲问津书院

曾经屡毁屡建，明代和清代有过两次大规模修复，清代作为科举会考之所，兴盛一时。

清末，科举废除；近代，战争频繁，问津书院，无人问津。

近年来，这一处古迹才受到世人关注。

建筑布局中轴对称，中轴在线为主建筑，上、中、下三幢，逐层进入，仪门、讲堂、正殿；除此之外，庭园内建有亭、斋、楼、阁数栋，墙院四方围护，占地面积数十亩。

华中地区，江汉之交，物产丰饶，商贸发达，“仓廪实知礼节”，兴教化，办教育，文化普及，教书育人，求学立业，古今书院也展现了千年高等教育史。

晋代衣冠南渡，中原文化占据长江文化主流。荆楚地区（今武汉地区），程颢、程颐的故乡（黄陂），儒家学说发扬光大的基地，宋元以来，以程朱理学为教化内容的书院日渐兴盛，数量和规模超过湘赣吴越地区。至清末，湖北全省有书院两百多所，武汉地区史籍留名的书院有数十所。

上述新洲问津书院是保留得比较完好的一所，此外，藏身在武汉三镇老城区的书院也不少。

问津书院重新修复

武昌古城，以蛇山为脊，于东南西北四坡建城——金城汤池黄鹤楼，自古以来政府驻地及学府驻地，古风醇厚，文风绵长，湖山隐隐，荷香十里，一个静下心来读书的好地方。

明万历年间，官府创办江汉书院，从明中期至清晚期得朝廷和地方政府持续关爱，办学规格及办学质量均属上乘，门生弟子满天下。张之洞督鄂，江汉书院与经心书院合并，旧学堂改为新学堂。

康熙年间，安徽籍商人（汉口徽商）创办新安书院，旧址在天下第一商街汉口汉正街，今天剩下一截残旧砖墙。经商养家，读书励志，商贸兴隆则投资教育，从诗书礼仪传家到诗书礼仪传天下，格局气魄逐渐阔大，因为身处九省通衢的商镇大汉口。

另外比较著名的有汉阳晴川书院、紫阳书院，武昌东山书院、濂溪书院、寿昌书院、紫荆书院、凤山书院以及汉口钟台书院等。

旧式书院有一整套办学讲学、教书育人的规程章法，以当时著名学者前来授课讲座为荣，以书院弟子科举仕途业绩或学问研究业绩为傲，类似当代院校，书院建筑也自有规格和风格，厅、堂、室，前庭、后院，白墙黛瓦，花木池塘，讲究端方、古雅、简朴、庄重。

清政府闭关禁海，拒不参与全球贸易的守旧国策引发 19 世纪中期前后两次鸦片战争（西方称中英贸易战）。

旧学衰亡，新学兴盛，书院消亡，学院兴起，鸦片战争是中国教育体系发生巨变的历史转折点。

1861 年，汉口开埠，长江北岸设五国租界，内陆贸易转为外洋贸易，农耕经济转资本经济，现代化大潮汹涌袭来，城市建设新时期开始，贸易金融实业，科技教育文化，经济基础和上层建筑同时进行。

第一次鸦片战争，沿海开埠，西式教育体系进入中国沿海地区；第二次鸦片战争，长江流域开埠，西式教育体系进入中国内陆。

1861 年，英国伦敦会传教士杨格非从上海到武汉，扎根汉口传教，人称街头传教士。1865 年在武昌昙华林戈甲营建教堂开诊所办学校，免费招收贫民子弟入学，1896 年在汉口花楼街创办学校（中文名称博学书院，英文名为杨格非纪念学校），1905 年学校迁到汉口韩家墩，于河湖沼泽填土建设红砖坡瓦的西式校舍，哥特式小教堂，草坪花园操场，典型英式学院风格。

1868 年，美国圣公会韦廉臣（Channing Moore Williams）主教一行三人从上海乘船到武汉，在武昌昙华林购地建学校，1870 年正式开学，中文名称文华书院，英文名为布恩主教纪念学堂，荆棘丛生的乱坟岗变成绿茵如盖鲜花盛开的西式学堂，大花园大操场开武汉三镇高校建筑先河，昙华林花园山地名由此而来。

1885 年，英国循道会传教士郭修理（Josiah Cox）在武昌城外洪山以东荒山野湖创办博院，旧址位于今武珞路武汉第十五中学，设中学部和大学部。

同时期，意大利天主教会在武昌昙华林创办文学书院。

以上数所教会学校都称“书院”，其教学体制、教学内容全部西化，校长管理，理事会监督，教职员工聘任制，学生来源分两种：慈善教育面对贫民，学费住宿费全部自理面对豪门子弟，教学内容为中英文语言培训，社科文体全面教育，并不排斥中华传统文化，例如文华书院大学部聘任华籍教师刘静庵（清末革命家）教授四书五经诸子百家。

以中国传统书院教化之名，行西方现代化学院教育之实，是当时社会大环境下教会学校的权宜之计。

武汉三镇教会学校的创立，西方文明启蒙之风撼动了腐朽的清王室，催动中西合璧官办书院的诞生。

晚清七十年，清廷重臣张之洞、李鸿章等倡导“洋务运动”（也称自强运动）主张“中学为体、西学为用”，在所管辖地区大力推行“西化”改良政策，从经济基础到上层建筑。

同治八年（1869 年），张之洞任湖北学政，和当时湖广总督李鸿章商议在武昌新开一所书院，李鸿章定名为经心书院，张之洞在各县选拔优秀读书人入学，教学课程沿袭传统书院，即以儒家学说为主要课程，添加算学、地理等中式学科。1897 年，张之洞调任湖广总督，推进经心书院进一步改革，增设自然科学课程，如天文、地理、兵法、算术等，学制五年，合格者由官府录用，成绩优异者保送国外留学，但学校建制管理依然沿袭官办书院传统。1902 年科举废止，经心书院和江汉书院合并为勤成学堂。

继经心书院之后，1890 年，张之洞在武昌南城区创建两湖书院（今湖北音乐学院校园），湘、鄂两省茶商资助办学经费，专门选拔两湖读书人入学就读，“两湖书院”得名于此。两湖书院设经学、史学、理学、算学、经济学五门课程，聘任知名学者担任教授，如地理学家杨守敬、数学兼翻译家华蘅芳、音韵学家沈曾植等。著名革命党人唐才常和黄兴是两湖书院的学生。科举废止第二年，即 1903 年，两湖书院改名文高等学堂（也称两湖大学堂），后来改为两湖总师范学堂。

1900 年，“庚子之乱”爆发，西方列国强势施压，清政府同意改良国策。1902 年，废科举，立新学，朝廷下令全国所有官办书院一律改为新学堂。

湖北武汉现代化教育推动者张之洞是晚清自强运动的核心人物，任职湖广总督期间，推广湖北新政，推进城市现代化建设一系列改革，落实在教育系统，旧学改新学，开设官办（公立）学堂，包括小学堂和中学堂，促进全民教育普及，提倡实业教育，开办方言学堂（自强学堂）、工艺学堂、农务学堂、军事学堂等，为发展教育兴办学校，开办湖北师范学堂、两湖总师范学堂等一系列高等师范学校和中级师范学校，官费保送院校毕业生及各机构精英人才出国留学，如两湖书院的学生黄兴（革命家）留学日本，江汉关职员陈光甫（银行家）留学美国。当年中国海外留学生的派遣，东南西北无论哪一个地区都不能和湖北武汉相比。

清王朝的最后几年，官办书院改换门楣的同时，武汉地区所有教会学

问津书院

校陆续抛弃“书院”名号，还原院校本色，譬如文华书院改名文华大学和文华中学，博学书院改名博学学堂（分大学部和中学部），其余洋书院以此类推。

至此，武汉地区“书院”名实皆亡使命结束，历史进入到现代化院校教育兴盛发展的新时期。

21 世纪以来，重新修复的新洲问津书院和重新恢复的武昌经心书院，只能是中华传统文化的追思场所，再也不可能恢复传统书院的权威和功用了。

黄陂大余湾

2014年CECP（中国濒危文化保护志愿者）踏勘大余湾

大余湾，距离武汉市区40公里，位于黄陂区木兰乡双泉村。在全村的十三个湾子中，大余湾最著名——因为它的古民居。

山清水秀，林木滋润，老宅掩映在绿树之间，绿树倒映绿水。湾子顶头是一间石头牌坊，上有翘檐，下有石门，厚达数米的石墙墙面上有雕花。

六角小亭、八角古井，石碾、石磨，油光水滑的青石板路，排列成阵的古民居，构成大余湾老宅独有的特色。

四十多栋清代古宅，砖砌石筑，乌色筒瓦，褐色砖墙，白色檐线，方正敦实，一户紧挨着一户，檐角高高翘起，站在青石板路边，纵向望过去，一只只雪白的檐角绵绵密密地排列着，如战场举起的弯刀，景象非常可观。

褐色长方形石条砌成的墙面，石块之间严丝合缝，正面出檐，石砌门框，檐下和门楣之间雕花刻字。外墙不开窗，高墙深院。每一间大门进去，都能看到一套完整的居屋，天井围合、层层递进，厢房、堂屋、睡房，雕花木隔板分开内室。

天井两侧有通道，走过去，又见一个天井，又到另一户人家。全湾百十户人家，二十个巷道勾连贯通。从外边看，户户相隔，独立成居屋，里

大余湾的建筑

边如棋盘，方框累叠，铺开一片村落。

居户之间勾连成片，这样的建筑结构在别处也有——全湾人家有着同一个祖宗的血缘关系，而且这一个先辈非常富有，房屋兴起成片，家业把持极严，世代同堂，一百家也是一家，自家人亲近自家人，不需要石墙在当中隔绝。经过多年浸润，后辈人习惯了这样的居处——方便来往串门，多了一些是非，少了一些寂寞。

和福建土楼相似，一个圆，一个方，其实结构一样，对外封闭，对内开放，族人之间，兄弟子侄之间，相互扶助，相互监视，承袭农耕社会父死子继的宗族文化。

明洪武二年（1369 年），余姓大户从婺源迁来木兰川，置地盖房，传宗接代，才有今天的大余湾。

2002 年，大余湾公布为湖北省省级文物保护单位，2005 年公布为全国第二批历史文化名村。

黄陂大余湾湾子前的水塘

三镇老教堂

武汉有好多教堂，小时候我不知道，没人告诉我这些事，等我知道后，又发现好多教堂消失了，但剩下来的几座近些年维修得很漂亮。

清咸丰八年（1858 年）《中法天津条约》签订，清政府允许外国传教士进入中国内地自由传教。在此前后（1858 年前后），西方各教派传教士已先后来武汉。1861 年，教堂建设正式开始。

和其他开埠建筑一样，今天我们看到的老教堂绝大多数是第二代或第三代建筑，最初的教堂是简陋的，在后来的时光中才“改旧翻新”。

武汉三镇的教堂在最盛时期有 90 座，现在剩下来不多的几座值得我们珍惜。

圣若瑟堂在汉口上海路 16 号，武汉人俗称上海路天主堂。

该教堂为砖木结构，两层，建筑面积为 1024 平方米，建于花园山圣家堂之前约十五年，是武汉三镇最大的天主堂。

罗马古典风格，巴西利亚式，平面拉丁十字，屋顶后侧圆形塔式钟楼左右各一，1944 年 12 月被美国空军炸毁一个。浅浮雕大门板材是从国外海运过来。大厅设有 5 座祭台，可容纳 2000 人，每逢圣诞则人满为患。

当年，明位笃主教兼管武昌和汉口意大利天主教教区，1874 年指示修建汉口教区主教公署及座堂（即圣若瑟堂），光绪六年（公元 1880 年）在圣若瑟堂左侧建天主堂医院（今武汉市中心医院）。

1883 年明位笃主教病逝，田瑞玉主教接任，其间创办中国训蒙修女

汉口上海路天主堂即圣若瑟堂，侧后方高层建筑为武汉市中心医院（原天主堂医院）

会、武昌文学中学、汉口圣若瑟女中（今武汉市十九中学）、汉口法汉中学等。

因为地处汉口市区中心，凡是汉口人没有不知道它的，只要去上海路邮局就得往它前面经过，隔一个围墙，有一个铁栏杆围着的院子，很多年，它孤零零地立在那里，如一座被施了魔咒的宫殿。

2006 年 6 月一个周日，我和胡西雷在上海路天主堂看到了这样的景象：神父正在主持一场婚礼，新娘穿着白纱背对大门远远地在祭坛前坐着，唱诗班在头顶上（厅内的第二层）唱着颂歌，偶像、祭坛、器物、雕刻，光线从大厅两侧长窗彩色玻璃透进来，金色吊灯从拱顶高悬而下。大厅一侧有一个侧门通花园，花坛里鲜花盛开。

基督教救世堂位于汉口汉正街 475 号，前身名为大通巷福音堂，19 世纪 70 年代始建，1930 年原址重建，中西融合风格，主建筑为西式坡顶，部分建筑有中式五脊顶和悬山顶，顶层的钟楼悬着铜钟。教堂背立面窗户

圣约瑟女子中学（今武汉第十九中学）

设计成大十字架形状，彩色玻璃镶嵌直径 2 米的荆棘冠，在阳光下光彩夺目，隔着老远都能看到。

1862 年，英国循道会传教士考克斯·乔赛亚（中文名郭修理）来汉口传教，布道区固定在沿汉水一线（两岸），建教堂、办学校（武昌博文书院）、办医院（普爱医院，即今武汉市第四医院）。

2006 年 5 月，我们来到江汉一桥汉口桥头，从武汉四医院门前找到通往基督堂的小巷子，从侧门进去到院落，两边花坛，正中甬道，红砖礼拜堂，顶上檐角飞起在太阳下，如同佛寺。

进到大厅就是另一种视觉感受了——全木结构拱顶，深褐色的圆木一根根如木筏紧密地扎在一起，在头顶上排列成高高的有弧度的穹顶。这是我此前从未见过的一种建筑样式——西式建筑中没有看见过，中式建筑中也没有看见过，它粗犷、古朴，呈现原始部落风格。

教堂正面建筑是纯西式的，正门开在汉正街，从正门出来在街边仰头

汉正街基督救世堂

望去，二层以上女儿墙建筑仿城墙雉堞，还有四个柱形石砌雕饰建筑，我不知道是做什么用的。

古老美丽的建筑，繁华已逝的街道，夕阳西下的风景。

格非堂，现名荣光堂，汉口黄石路26号。

比较欧洲的大教堂，似乎武汉市的教堂都不值一提——建筑实在是太简单了，不仅不能与欧美基督教信仰国相比，在中国也不能与上海、青岛、哈尔滨等城市的几座著名教堂相比。

2005年9月，我在上海旅游。人民公园广场旁边，沐恩堂紧靠人行道，尖顶拱券，灰墙花窗，美得令人心醉。

尽管如此，武汉人依然以格非堂为荣。它是简单的，它是我们的。

十岁那年，我在离黄石路很近的一个街区念小学，偶然一天往那条街上过，突然间看见了一幢和我平时所见不同的建筑物，它的尖顶朝天空竖得高高的，色泽晦暗的红砖墙，两扇布满尘垢的大门紧紧地闭着，门前的院落空无一人，只有几棵高大的梧桐树。

这就是它们（历史建筑）留存下来的意义。毁了很多，思想、文字、历史，但是只要它们在那里，几十年几百年，你就不可能忘掉曾经在这个世界上发生过的一切。

汉口格非堂为纪念杨格非牧师而建

格非堂建于 1931 年，1932 年竣工，纪念英国伦敦会传教士杨格非 100 周年诞辰及来武汉传教 70 周年，由本地信徒集资修建，20 世纪 50 年代改名荣光堂。

第一个进入华中地区的基督教英国伦敦会传教士杨格非（Griffith John），中国近现代史上一位传奇人物。1855 年，他 24 岁时来中国，1861 年来汉口，在汉口花楼街建伦敦会花楼总堂，在武昌昙华林建戈甲营崇真堂，主持创办汉口仁济医院（后合并成立汉口协和医院）和武昌仁济医院，创办汉口博学中学（杨格非学院，即今武汉市第四中学），创办汉口圣教书局（今汉口鄱阳街 49 号）……引西方现代教育体系、现代医疗体系、现代印刷出版体系入湖北武汉，1912 年 81 岁离开中国，返回英国威尔士故乡不久后辞世。

2006 年春天，我和胡西雷去荣光堂。正值周日下午，临街小院里停着很多车，穿过底层中廊，后面有一间会议室，摆着多条长凳，挤一大屋子人，正听牧师宣讲教义。

从小到老，第一次离格非堂这么近，那种感觉很亲切。

汉口天津路与洞庭街交接处转角的一个院落里，完好地保留了一座俄国东正教教堂，砖石结构，单厅穹顶，拜占庭式风格。教内称为阿列克桑德聂夫堂。

教堂主保阿列克桑德聂夫（今译亚历山大·涅夫斯基），是 13 世纪俄罗斯诺夫哥罗德大公，著名的军事家兼政治家，1547 年俄国东正教廷追封其为“圣徒”。

东正教也称东方正教，是基督教三大宗教教派之一（天主教、新教、东正教），信奉地包括希腊和东欧各国以及横跨欧亚两洲的俄罗斯、哈萨克斯坦等国。

1671 年，东正教传入中国，1861 年后传入武汉，1876 年俄国茶商波特金从俄国运来建筑材料，1885 年俄国驻汉口副领事伊万诺夫征得英租界工部局同意建正式教堂。

1861 年汉口开埠，华俄茶叶贸易繁盛，汉口俄国侨民逐渐增多；1917 年“十月革命”爆发，不愿留在国内的俄国人从东北越境进入中国内陆城市天津、上海、武汉。因为上述原因，20 世纪初汉口俄侨人数仅次于日侨，为英、法、美、德、日、俄等国在汉侨民人数第二位。

老汉口人很多和俄侨相识，例如我在武汉六中读书时的俄语教师娜塔莎。

汉口东正教堂当年的信徒主要是在汉俄侨，神职人员多为华俄混血后裔。

汉阳显正街天主堂（圣高隆庞堂、西门天主堂）

1936年重建主教座堂，同年，高隆庞修女会在汉阳龟山脚下距天主堂大门百米开外创建高隆庞医院（今武汉市第五医院）。

2006年6月，我和胡西雷来到汉阳老城区，穿过七弯八拐的小街，在山坳处找到高隆庞堂，周围没有行人，石质的建筑漂亮得令人惊讶，两座似乎在继续上升的钟楼，墙面上的雕花清晰可见，正中的拱券大门紧闭，太阳西斜，光影摇落如梦。

转到教堂背后，看到一个小花坛，几排式样简单的教区宿舍。一位年轻修女拿钥匙打开教堂侧门，请我们进里边参观。

大厅明亮，通体白色，祭坛正中的圣高隆庞彩塑立像（一位于公元6世纪前赴欧陆的爱尔兰传教士）传达着高尔文主教以平民传教为终身事业的信念。

汉阳显正街天主堂礼拜厅

汉口法国天主堂，位于汉口今车站路与胜利街十字路口，原法租界大法总理街，它原名为圣母无原罪天主堂，奉无染原罪圣母为主保。建筑面积不大，专供外侨（主要是法国侨民）礼拜，华人不得进入。

1910 年，鄂东代牧区主教田端正委任法籍传教士丁寿负责修建法国天主堂，1911 年建成，耗银 1.2 万两。哥特风格，平面呈十字形，玫瑰圆窗和尖券长窗相衬托，主入口以层叠凸出的尖券门楣和玲珑的圆形细柱作装饰。

废弃多年后，于 2014 年年初由政府出资按原样修复。

礼拜厅内部装饰为哥特风，幽暗、华丽、精美，数重木构架组成交叉拱顶，从天穹到墙壁全部涂成深蓝色，蓝色穹顶满布白色星星，三盏巨大吊灯让灯光璀璨地垂下来。

车站路法国天主堂

汉口吴佩孚公馆

吴家花园

吴佩孚公馆位于汉口南京路124号，又名吴家花园，现在是一间茶室。

吴佩孚和武汉渊源很深，坐镇洛阳很多年，上操控北京，下操控湖广（湖北、湖南）。他和湖北，情感很尴尬，爱不是，恨不是；湖北对他，也一样。

在汉口他有两幢公馆，起初住汉口黄兴路（地属法租界），后来迁到模范区（因为他绝不入住租界的誓言），就是今天汉口南京路的吴家花园，包括三层楼花园洋房以及相距不远的一幢二层楼房（今美庐餐厅），花园洋房由吴佩孚和张氏夫人居住，二层楼房为护兵兵营。

当年，这里是汉口一个安静的住宅区（前后左右都是公馆，富人区，当然安静），与中山大道和江汉路相距呈直角，角尖处即吴公馆，离闹市区不算太远，重要的是离京汉铁路非常近（几百米之遥），假如想要离开汉口，或者从北方（洛阳或北京等）来汉口，沿铁轨上下火车都很方便，没必要非得去大智门（汉口大智门火车站）。

和别的公馆的院墙建得不同，吴家花园院墙仿照旧时总兵官邸，骑马

南京路吴家花园门口

式墙头，墙体很宽厚，墙头能容几个人并排行走，砌有女儿墙。

公馆为中西式风格的融合，整体为古典主义欧式，布局仿中式厅堂结构，及步石阶跨入大门，就是方正宽敞大客厅，两边有房间，可以是书房也可以是小会客厅，也许有一间曾经是餐厅。客厅过去是天井，阔大轩敞，天光清朗下泄。后面是一间正房，再往里另有天井与房舍，楼顶平台面积很大，左右建两座中式凉亭，站上面可看四方风景，南面是中山大道，北面为京汉铁路（今京汉大道），猜想当年并非用来看风景。

1926 年以后，吴公馆房产转让给一位意大利传教士，后来又转给湖南天主教会（传教士和天主教会也许有联系）。

1949 年，林彪率四野进入武汉后选这里驻军，此后公馆楼连同侧旁那幢楼房一起被划拨为红四军老红军住宅楼。

20 世纪末，房产归还湖南天主教教会，后有邓氏兄弟租来开了一间茶社。

2007 年夏天，我随《汉口老房子》摄制组去北京，在东城区大片胡同里辛苦寻找北京吴公馆，找到后非常失望，旧址被某机关占有，花园中乱搭乱建，旧时风貌一无所存，园中老树空对半爿夕阳（现在可能早已经修复）……想及汉口吴公馆，得益于租主的爱护而恢复了当年神形韵致，庭院幽雅，光阴留驻，成为武汉文化艺术圈人士的聚集地。

记得我还小学生时来过这里（1961 年吧），敲开临街的两扇木头院门，看望住在院子里面的“老红军爷爷”。

1926 年 8 月，北伐军攻占汉口，吴佩孚携张氏夫人在为数不多的护兵簇拥下，从汉口仓皇北逃，先到河南后到四川，得四川军阀杨森好心容留，杨森因此被南京国民政府免去一切军政职务，重新“落草为寇”。

当年（1926 年）国民革命军推开汉口吴家花园的院门宣布接受“逆产”，只见吴公馆内外一片狼藉，自鸣钟在摇摆，衣物扔了一地，人去楼空，满目凄凉。

我经常和朋友来南京路吴家花园喝茶，喜欢这个地方——小院子，老房子，厚围墙，高亭子，浓荫覆盖的大树，绿叶茂密的攀墙藤，水池里的红鱼，客厅和房间的幽暗光线和老旧的摆设。

有时候在封顶的天井里坐着，有时在几米厚的围墙上坐着，天井里很温馨很小资，细碎的蓝色马赛克地坪，光滑清凉，细细碎碎地聊天，牛肉煲仔和鲜榨果汁，加上一杯红酒，围墙上很文化很爽气。看南京路北段的街上的车辆来去，看对面街边的红男绿女，街上的世俗近在咫尺，高墙上的雅致浓得化不开，普洱和铁观音，宜兴壶和撇口瓷杯，从茶道谈到文学，高声朗诵古往今来诗词歌赋，一时间气势傲王侯。

茶喝完了，沿铁楼梯走下围墙，埋单拜拜，走出吴家花园，出大门左转，朝长江方向前行数百米，南京北路和中山大道相交段的街边，香辣虾火锅餐厅名气传遍武汉三镇，两扎冰啤，四人围桌，消磨一个夜晚。

“中国最强悍的男人”

美国《时代》周刊创刊第二年，1924 年 9 月 8 日，以“Biggest man in

China ”为标题刊登一位中国男人的照片——中国人首次登上《TIME》封面——这位被称为“中国最强悍的男人”就是当年北洋政府高官吴佩孚。

吴佩孚（1874—1939），字子玉，山东蓬莱人，北京政府时期（即北洋政权时期）直系军阀首领，官至两湖巡阅使及直鲁豫巡阅使（北洋时期相当于地方总督的官职名），国民政府（国民党政府）追授陆军一级上将。

悲剧的是，就在《时代》出刊前后数日，第二次直奉战争爆发，吴总司令（讨逆军总司令）在山海关战败，此后再怎么挣扎也没能翻过身来。

历史总爱跟人开玩笑。

吴佩孚出生于小商人家庭，年少时父亲离世，家境困窘，14 岁入山东水师学堂，当兵操练间隙勤奋读书，22 岁中秀才，几年后流落京城，进入天津、开平、保定三所军校学习，1905 年光绪帝下诏废除科举，多少读书人一时间惶惶然不知所措，这年吴佩孚 31 岁，他知道“弃文从武”，这一条路自己走对了。

扒一扒诸多民国元勋的成长史，北京政府（北洋政府）以及南京政府（国民党政府）的文武政要达官显贵大多从清廷军校毕业——从科考入仕途到从军求进取，中国军校之多、军校学员之众形成晚清社会潮。各路兵马齐备，等待乱世降临英雄有用武之地的日子。

辛亥革命后，北京政府成立，旧军人成新军人，旧军阀成新军阀，直系、奉系、皖系，废墟砖石搭盖新政权大厦，新思想旧思想，新政策旧政策，万花乱眼、世事纷纭，国内权力争夺（内战不断），国外利益争夺（欧战开始），风云变幻不止。

军事指挥才能出众的吴佩孚，其政治途径选择的对错，仁者见仁、智者见智，但在这个时间段他紧随曹锟（直系首领后第五任民国总统），指哪打哪，作战勇猛异常，1916 年率兵抗击蔡锷护国军（救曹锟于死地），1917 年参与讨伐“张勋复辟”，1920 年联合奉系三天击溃皖系军团，1921 年派遣部下萧耀南来汉口控制湖北，1922 年以直系军队总司令职率军驱赶奉系军队张作霖让其败走山海关外，同年进驻洛阳，屯兵十万，虎窥全中国，政治地位扶摇直上，成为当时中国第一强者。

从直鲁豫巡阅副使到两湖巡阅使，再到直鲁豫巡阅使，吴佩孚的官阶越升越高，地盘越扩越大，欲望越来越强。飞扬跋扈、气势狂妄这样的词语可形容此时的他。

吴家花园进去后公馆的大门

1924 年 4 月，洛阳直鲁豫巡阅使吴佩孚五十寿庆，维新派领袖康有为亲贺寿联一副："牧野鹰扬，百岁勋名才半世；洛阳虎踞，八方风雨会中州"—— 典出周武王率八百诸侯和商纣王军队大战牧野（即牧野之战）——比喻驻军中原的吴将军是最有希望完成中国统一大业的王者式人物。

康南海（康有为广州南海人，当时人称康南海）的贺寿联当然自有深意，不知道吴大帅当年是否领略得透？总之那一天他很得意，岂料自己已经达到人生的峰顶，剩下只是下坡路。

1918 年前，吴佩孚的势力控制区主要在长江以北，1918 年率兵击败湘军，25 师派驻湖南顺德，和湖南地方势力"和平共处"，中间空出湖北省，因为湖北省军督兼省长王占元不是"自己人"，即不是曹锟的人而是袁世凯、黎元洪的人。

湖北省在中国的重要地位就用不着说了，武汉三镇在中国的重要地位就更不用说了，一块肥肉挂在眼面前，看得见吃不到嘴里的那种心情是人都理解。

万事天注定。1921 年 7 月，被王占元愚蠢残暴的统治激怒的湖北士绅发起“驱王运动”，邀请湖南军阀进攻湖北，赵恒惕（湘军总司令湖南省省长）率领的湘军和王占元派遣的鄂军在羊楼洞、赵李桥大战八个昼夜，鄂军眼看战败，王省督向北京求援，25 师师长萧耀南率领 25 师乘火车从湖南跨省赴湖北，汉口刘家庙（今江岸车站）下车，遵吴大师密令，原地集结按兵不动，等到湘鄂边境战尘埃落定，湘军大败鄂军，王占元无奈下台。8 月，北京政府任吴佩孚为两湖巡阅使，任萧耀南为湖北督军，从此，湖北归属吴佩孚势力范围。

萧耀南担任湖北行政最高长官时间长达五年（1921—1925），是武汉现代城市史上一个至关重要的人物，其仕途坦荡得益于吴佩孚（被当成心腹安排到湖北来的），吴大师是他的上司也是他的恩人，中国传统的“施恩图报”观念，施恩者对被施恩人的“期望”让荣归故里、荣登高位的萧督军感到了压力。

萧耀南，湖北新洲人（当时湖北黄冈），秀才出身，高级军校学历（湖北武备学堂和北京陆军预备大学），1917 年后归属北洋军第三师代理师长吴佩孚部下任混成旅旅长，1918 年，随吴佩孚南下击败湘军占据衡阳，1920 年领一旅之军击败皖系一师兵力，升任 25 师师长，1921 年来湖北，也可以说是“回到故乡湖北”。

吴佩孚对萧耀南，抓得紧也放得开——湖北省就交给你了，只要不给我惹出大事惊动北京，只要你按时候收缴银钱上交我洛阳，你爱干吗就干吗，随你，心里有我，行动听调，乖，就行了，我多忙啊！那么多操心的事着急的事家国事天下事，没工夫看管你那一湖北省。

萧耀南对吴佩孚，感恩的心不是没有：没吴帅也没我今天，可是……身为下属太久，看上司眼色行事，听上司命令作战，鞍前马后多少年，出生入死多少年，此番派驻湖北，好比放虎归山，求一处安稳盘踞之地以待终老，假如在这一点上和谁发生冲突，那么，曾经的恩人也会变成仇人。

当年，没人被吴佩孚放在眼里，对曹锟从始至终忠心耿耿，不过是他所谓的正人君子道德观的自我约束罢了，正因为如此，1924 年开始的命运逆转，由盛而衰。

萧耀南督鄂，刚开始几年，对有恩于己的吴大帅还“唯唯诺诺”，后几年，地盘稳固，民心收拢，军政大权在握，特别是第二次直奉战争中吴佩孚惨败，一直以来纠缠密集的两个人的一出戏再也唱不下去。

两个人之间的嫌隙由来已久。

1922 年，中国共产党领导铁路工人运动，1923 年 2 月 1 日，吴佩孚派武装军警冲击郑州京汉铁路总工会成立大会会场，捣毁工会会所，强迫工会代表出境，当晚“总工会”决定罢工指挥部由河南转湖北由郑州机务段转江岸机务段，2 月 4 日，大罢工开始，1200 公里的京汉铁路全线瘫痪如一条死蛇，吴佩孚严令萧耀南派军警前往刘家庙镇压，“二・七惨案”震惊中外。

令萧省长不高兴的是：本来是你地盘烧起来的火，硬要引到我的地盘上来，这下可好，恶人该我做，辛辛苦苦在武汉三镇经营好几年的人心和民望都丢到水里去了。

1923 年，萧耀南以钱财资助曹锟贿选成功，升任两湖巡阅史，吴佩孚是否不屑不知道，但在此之前，吴佩孚一再劝说曹锟先江山一统后坐总统宝座，曹锟不听。

照理说道不同不相与谋，但是吴佩孚不会放弃萧耀南，一是湖北省非常重要，对自己的宏图大业来说；二是萧衍珊是个捏得住的本分人，一点“小聪明”算什么？

曹锟上位，封赏有功之臣，吴佩孚升任直鲁豫巡阅使，统辖直隶、陕西、山东、河南、湖北数省，名誉和声望超过曹大总统不知多少倍，真个是“余子谁堪共酒杯”？

那一年，吴大帅绝没想到有一天他会穷途末路。

不以成败论英雄

1924 年 9 月，直奉战争爆发，15 日，张作霖率军入关，吴佩孚率军队 20 万人迎战，双方大战于山海关。直系将领冯玉祥发动“北京政变”，和奉系军首领张作霖秘密协议端掉曹锟政府。

10 月 19 日，冯玉祥率领军队从古北口掉头南下，22 日进入北京，和胡景翼等直系军人联名通电“停战”，同时胁迫大总统曹锟通令全国解除吴佩孚所有军政职务，接下来废除曹锟政府，派兵荷枪实弹闯入紫禁城驱逐末代皇帝溥仪出宫，此即“北京政变”。

萧耀南与吴佩孚暗自滋生的矛盾因为直奉战争吴总司令的惨败和曹大总统的倒台而明朗化了。

从 1924 年年底到 1925 年年初，吴佩孚前后数次率领部属与家眷前来湖北，希望有一处暂时的安身地，前后数次都被湖北省长萧耀南态度坚决地拒绝。

湖北人不喜欢吴佩孚，武汉三镇的工商代表或到武昌省署，或到汉口萧公馆，恳请萧省长千万不要留吴大帅在湖北。

1924 年 11 月，吴佩孚带着从山海关撤出的残兵败将从天津大沽口登华甲舰入海，再由吴淞口入长江，17 日停泊于汉口码头，萧耀南客客气气暗示他早一点离开，吴佩孚黯然神伤，舍舟登岸，乘火车由汉口到郑州，再回洛阳。

1924 年 11 月，段祺瑞重组北京政府，电令西北地方军阀联兵攻洛阳。

吴佩孚仓皇逃到信阳，萧耀南派人阻止他进入湖北，只好去鸡公山避难，山外伏兵包围，山中刺客袭击，天气寒冷，身患重病，四顾苍茫，进退无路。

各路豪杰兵临河南，争夺吴大帅留下的地盘，一时间中原大乱，兵戈杀伐之气汹汹，直逼豫鄂边境。

萧省长又气又怕，派遣重兵镇守武胜关，阻止北方乱军乘机流窜湖北。

“都是吴大帅惹的祸！”湖北人说。

12月，胡景翼占领河南，通知先前的上司，也是现在的死对头吴佩孚离开自己的“领地”，虎落平阳被犬欺，吴佩孚带病下山，乘车向南停留广水，湖北人破坏了京汉铁路路轨，不许吴帅前往汉口。

最后经四川人刘泗英（杨森的部下）的斡旋，萧耀南叹口气说：他绝不会做冯玉祥第二，希望大帅看在鄂地百姓渴求安宁的分上请勿在武汉多作逗留，同时邀请吴大帅在黄州暂住。

黄州离武汉有120里，自从吴佩孚驻此，前来探访的要人名人日渐增多，冠盖云集，车马壅塞，北京段祺瑞也奈何不得。

1925年2月，深感威胁的段祺瑞密令海军司令许建廷率领长江舰队八艘从上海入吴淞口往湖北一举擒拿吴佩孚。

3月1日，吴佩孚接到前海军司令杜锡珪的密电后，连夜冒大风雨乘决川、浚蜀二军舰离开黄州，想去湖南避难。

两小时后，长江舰队赶到黄州时，已经人去楼空。段祺瑞气急败坏，电令萧耀南在武昌、汉口江面两向夹击。

吴佩孚让部下熄灭决川、浚蜀两舰的灯光，乘夜潜越武汉长江段。

萧耀南对此一清二楚但假装不知，任其“鼓轮西行”前往洞庭湖。

一向和吴帅私交甚厚的陈嘉谟率领25师（陈嘉谟当时接替萧耀南任25师师长）驻守黄金口（长江与洞庭湖交汇处），放过吴帅入湖南抵岳阳之后立即电告紧跟其后的海军司令许建廷：假如你（小子）胆大真敢追过来，我（老子）将命令岸上的大炮轰击。

长江舰队的八艘军舰到达黄金口再也不敢前行，强龙难压地头蛇，电告北京后掉头返航回上海。

在湖南省省长赵恒惕的地盘上，吴佩孚安静地休养了七个月。

1925年10月，原直系军人孙传芳组织浙、闽、苏、皖、赣五省联军自任总司令发动反奉战争占领南京、徐州，同时邀请蛰居岳州的吴佩孚出山。

吴佩孚派人去武汉探问萧耀南的意向，一如往常地遭到拒绝。

在亲信部将聚集的会议上，吴佩孚说："我出山自然是立足湖北的。"

陈嘉谟回武汉与萧耀南商议：形势变了，东方、南方都想和大帅交好，你还稳着不动？这湖北的地盘本来就是大帅的，况且大帅待你一向不薄，山海关一战没动用你湖北兵卒，你又是么样报答他的？死活不许他回武汉，连个外人都不如，大人大量他也没怪你，现在该是你为大帅效力的时候了……

"江山本来就是他的，他要断送也由他！"萧耀南终于发出迎接吴佩孚出山的电报。

10 月 21 日，吴大帅乘军舰东下，萧省长率领全省文武官员在汉口码头隆重迎接，与上次吴大帅从广水来汉口时遭遇的冷淡大不相同。

在汉口刘园（循礼门刘歆生花园），吴佩孚组建"十四省讨贼联军司令部"，自任"十四省联军总司令"，任萧耀南为"湖北省讨贼联军总司令"，陈嘉谟为"副总司令"。

1926 年 1 月，张作霖和吴佩孚派代表山东握手言和，约定南北夹击联兵攻打冯玉祥。

1926 年 2 月，萧耀南突然病逝于武昌督署，吴佩孚把持湖北军政大权。4 月，率兵攻进湖南长沙，解救曾经有恩于自己的湖南省省长赵恒惕，唐生智退守衡阳向广州国民革命政府求援。5 月，国民革命军入湖南，唐生智为前敌总指挥，叶挺独立团配合，长驱直入攻进湖北，北伐战争开始。

吴佩孚从直隶省匆匆调兵南下，坐镇汉口遥控自岳阳通城败退的鄂军固守汀泗桥，同时在贺胜桥和纸坊布置军力，另外命令长江南岸的鄂军和湘军协同海军沿长江布防阻止国民军横渡长江。

8 月 27 日，国民军攻占汀泗桥，两天后攻占贺胜桥，叶挺独立团所向披靡。

9 月 7 日，国民革命军攻进汉口，吴佩孚率领残部从汉口吴家花园出逃。

国民革命军围困武昌城四十天，吴氏的忠诚部将陈嘉谟和刘玉春拼死坚守武昌城四十天（即使吴佩孚逃走以后），南北双方相持不让，武昌城内粮食断绝疾病横行，武昌居民病死饿死人数无法统计。

武昌之战后，吴大帅再也没有了时来运转的机会。

吴佩孚从这幢大宅逃离武汉，从此一去不回

景明洋行的故事

景明洋行，英文名为 Hemmings & Berkley，20 世纪初武汉三镇唯一一家本埠建筑师事务所，创立人是海明斯（Hemmings）和伯克莱（Berkley）。

第一次鸦片战争，中国沿海各城市开埠；第二次鸦片战争，长江流域各城市开埠，其中经济发展迅猛的城市除了上海就是汉口。

英商景明洋行大楼

19 世纪末，中国上海来了两个年轻的英国人——海明斯和伯克莱，他们是伦敦皇家建筑学院的毕业生，来到古老的东方大陆，寻找他们的理想实现之地。

当年上海是西方各国建筑师来华的首选城市，上海滩头外资建筑设计公司云集，讨生活容易，出人头地难，于是两位英伦小伙相约闯汉口。

1861 年汉口开埠，1889 年张之洞督鄂，武汉城市建设发展飞速，但是本埠建筑业界技术力量薄弱，无法与之匹配。

当时（19 世纪末 20 世纪初），西方建筑公司齐集上海滩，著名的有英国通和洋行、英国公和洋行、英国德和洋行、英国同和洋行、英国玛礼逊洋行、英国道达洋行、英国爱尔德洋行、英国倍克洋行、英国美昌洋行、英国新瑞和洋行、比利时义品洋行……美国、德国、法国以及华人建筑设计公司兴起在此之后。

以上建筑设计公司扎根上海，在其他城市设分公司和办事处，如英国通和洋行汉口办事处、比利时义品洋行汉口分行、英国三义洋行汉口分行等。

也就是说，在那时，汉口本埠的建筑设计公司一家也没有。武汉三镇凡大型建筑从设计到施工只能求靠上海和欧美，时间延宕、程序冗繁、主客双方沟通不畅等情况时有发生。

在这样的情况下，两位年轻英国建筑师留居汉口自然引起各方关注，特别是汉口英租界的英国人希望他们能够留下来永远不走。

学历是一回事，能力是另一回事，毕竟他们太年轻，要想在华中工商重镇武汉谋生创业非得脚踏实地干活，勤勉、诚恳、细致、精心，发挥学院专业特长，以建筑业绩服人。

1905 年，海明斯接受上海平和洋务委托，担纲汉口平和打包厂厂房及办公楼设计，同期与上海协盛营造厂派往汉口承担平和打包厂建筑工程负责人沈祝三相遇，设计师和承建商，武汉城市建筑史上一段传奇性的强强联合从此开始——其间因为上海协盛营造厂推卸沈祝三工程队汉口工程建设的责任和义务，迫使沈祝三率属下脱离上海公司，成立汉协盛营造厂并

汉口江汉路的国货商店和璇宫饭店

迁往汉口，成为景明洋行建筑工程历史上最强劲最忠诚的合作者。

平和打包厂建筑项目成功后，见证了学院派英伦小伙的工作实力，对他们寄予厚望的汉口英租界工部局，会同汉口英国总领事馆与汉口英资商行和银行商量，贷款支助海明斯和伯克莱创立建筑师事务所。

1908 年，海明斯 & 伯克莱建筑师办公室（英文 Office of Hemmings and Berkley）成立于汉口英租界洞庭街 60 号，一幢由他们自己设计并监督施工的小洋楼，从此开始在中国武汉三十二年的创业史。

海明斯 & 伯格莱建筑师事务所，中文名称景明洋行，取春和景明、万象更新之意，地地道道的本埠建筑师事务所，始于汉口，终于汉口，唯武汉所有。

1921 年，景明洋行在鄱阳街 53 号购地建设新办公大楼，汉口人称景明大楼。

比起上海老资格的建筑设计公司，景明洋行开业时间晚数十年或十数年，初创时期名气不大，最后以优异的工作业绩获得行业内外认可。

汉口沿江大道亚细亚洋行（壳牌石油公司所属英国石油公司）

平和洋行工程竣工后，景明洋行与汉协盛营造厂长达三十年的紧密合作随即开始。据武汉城建史记载，景明洋行经手设计的建筑由汉协盛承包施工的十有八九——高质量建筑设计与高质量建筑施工缺一不可——实力、信誉和友谊是双方长期合作的坚实基础。

自景明洋行成立之日起，武汉三镇的城市建设逐渐脱离求靠外埠，转而依托本埠技术力量完成建筑设计和施工。20 世纪上半叶，多家江浙营造厂选择常驻汉口，与景明洋行承揽汉口和武昌大型建筑工程有很大关系——最先引钢筋混凝土浇筑技术进入武汉，严格把关建筑工程施工，监工汉口海关江汉关工程全程，被英租界和俄租界任命为建筑工程质量检查员，同时拥有建筑设计审查权。景明洋行对欧美各流派设计风格——从古典到现代——运用自如，三十多年来在武汉承担大型建筑设计三十多处，其中绝大多数是人所熟知的建筑经典，如巴公房子、保安大楼、横滨正金银行、日清轮船公司、南洋烟草公司、璇宫饭店、汉口大孚银行等。

除单体大型建筑外，景明洋行还承担大型企业建筑设计及监督施工，例如，华商李紫云投资项目——武昌第一纱厂（后来国棉六厂），总占地面积为 112723 平方米，总建筑面积为 44720 平方米，在当时来讲，建筑规

南京路和中山大道交会处华商大孚银行

模十分宏大。该项目由景明洋行担纲设计，汉协盛和永茂隆承担施工，工程竣工，成为武汉三镇重工业厂房建设树立时代标杆。

20 世纪末，中国企业更新换代，国棉六厂厂区变成居民区，唯独留下武昌江滨景明洋行设计的原武昌一纱办公楼（现在当代艺术中心，BIG HOUSE），21 世纪在保留原建筑结构不变的基础上改造复新的一幢英式古典风格带钟楼二层楼洋房，获 2016 年艾特奖最佳文化空间设计奖提名。

中国古语有云："梧桐枝凤凰栖。"19 世纪末，西方建筑师求职于中国，千篇一律地选择上海；20 世纪初，景明洋行声名远播，吸引建筑界精英来汉口寻求事业发展之路，如毕业于英国伦敦皇家建筑学院的何伯乐、毕业于德国柏林土木建筑工程学院韩贝礼、毕业于德国格阿高级工程建筑专科学校石格司，还有后来成就大名的华人建筑师卢镛标。

德国人韩贝礼在进入景明洋行之前已经很优秀，1895 年承担汉口德国总领馆建筑设计，20 世纪上半叶离开汉口，在上海开设个人建筑师事务所。

德国人石格司进入景明洋行后，1910 年承担汉口俄租界怡和洋行高级住宅区建筑群设计，后来离开景明洋行在汉口开设个人建筑师事务所，1937 年前后给予因武汉大学承包工程而破产的汉协盛营造厂厂主沈祝三经济救助。

卢镛标年轻时进入景明洋行，一边学习一边实践，从徒工到技工到技术员到工程师，1930 年离开景明洋行，开设汉口首家华人建筑师事务所，著名的设计作品有江汉路四明银行、江汉路中国实业银行、中山大道中央信托公司等。

1948 年《汉口市建筑师开业登记清册》记载，汉口华人建筑师一共 29 人，大多数出身于景明洋行，所以景明洋行有“培育汉口建筑师的摇篮”之美誉。

景明洋行在武汉的建筑设计作品有：英商平和洋行、英商隆茂洋行、英国汉口电灯公司、日本台湾银行、英商保安洋行、英商景明洋行、英商卜内门洋行、日清洋行、日信洋行、英商亚细亚洋行、英商赞育药房、英商安利洋行、俄商新泰洋行、英国汉口电灯公司、华商武昌第一棉织厂办公楼及仓库、汉口总商会、南洋兄弟烟草公司大楼、璇宫饭店暨国货商店、日本横滨正金银行、交通银行、盐业银行、浙江实业银行、大孚银行、广东银行、聚兴诚银行、仁济医院即英国伦敦会医院、巴公房子、汉口珞珈碑路怡和洋行高级住宅小区、胜利街德林公寓、蔡锷路八大家住宅等。

景明洋行参与的重要建筑工程有：受委托承担汉口海关江汉关大楼工程监督施工，负责绘制汉口金城银行华人建筑师庄俊的设计图纸并监督施工，负责绘制汉口美国花旗银行美国建筑师墨菲（H. K. Murphy）的设计图纸。

景明洋行在天津的建筑设计作品有平安电影院、天津花旗银行、天津麦加利银行、天津农业银行、英国乡村俱乐部、河西区马场道 188 号楼、李氏眼科医院、天津市和平粮油分公司等。

1938 年 10 月日军攻占武汉，1939 年 9 月英国对日本宣战，第二次世界大战开始，汉口日占领军强行入驻景明大楼，景明洋行停业，海明斯离开中国回到英国，二战时期病逝于故乡。

始于汉口，终于汉口，景明洋行在汉口三十年，业绩辉煌，建筑为证，时间为证。

汉口青岛路的英商保安洋行（巴洛克风格，景明洋行建筑作品）

城·风

2020年在武昌中国风建筑园林

湖泊之都

云　梦　泽

武汉，中国的湖泊之都，早好些年，以“水乡泽国”四个字来形容再合适不过，虽然，近几十年来，情况变化太多，不过，甚至和国内其他城市相比，和国外大多数城市相比——水源丰沛、水域丰满，这样的一种地理环境上的优势依然保持着。

这是上天的眷顾。

很久很久以前，这里是一片大海，一片汪洋，看不到边，十几亿年，好几次地壳运动，陆地升起，海水退去，天地洪荒，凸起处山脉纵横，凹下处水流聚集，长江和汉江交汇的地方就是今天的武汉。

湘水、沅水、洞庭湖，南方水系从西南往东北顺地势而落，停滞在长江南岸（准确地说是长江东岸）——当年，武昌古城（鄂州）郊外，除了山就是湖，举目望去，东、西、南三面，湖水漫漫，山峰绵延，天青地碧，上下空灵。

古云梦泽沿着汉江低地，从西北往东南直铺过来，停滞在长江北岸（准确说是长江西岸）——当年的汉阳古城和古武昌（鄂州）一样，郊外的岗垄高低纵横，湖泊铺展无边。

当年，根本就没有汉口，今天的汉口当年全是湖，巨阔无际的一片湖和长江、汉江紧紧相连，入江口冲击带，一块巨大的三角形的水域，江湖浩渺，天水苍茫，你不会想得到，那里将会浮出一座城。

东汉建安元年（公元 196 年），戴监军（人物史实不详）在龟山西北坡建却月城，后荆州刺史刘表任命黄祖为江夏太守，驻兵城池，隔江对抗东吴，这是汉阳建城史的源头。

东吴黄武二年（公元 223 年），吴主孙权在蛇山东北角建夏口城，北阻魏国，西阻蜀国，这是武昌建城的开始。

明成化年间，汉水原入江口被泥沙堵塞，河流改道，从龟山北注入长江，汉阳一分为二。汉江北岸，湖泊变成沼泽，沼泽变成陆地，陆地变成街市，于是有了汉口。

城市，因军事而筑为城，因商贸而建为市。武汉三镇，史学家称之为“两城一市”，汉口市的诞生比武昌城和汉阳城要晚一千二百年。

当年，武昌古城墙内，蛇山以南，长江以东，山和山的凹处，湖泊错落——紫阳湖、长湖、菱湖、西湖、都司湖、歌笛湖……地地道道城中湖，湖光山色亭阁楼台官衙学府街市民居，浑然一体相存相依。

当年，汉阳古城，二面临江，二面临湖，城外河湖港汊密布，大大小小的船只密密集集，桅樯林立帆篷高张，从汉阳郊县一顺蹚水路过来，由墨水湖、马沧湖、下马湖，直达鹦鹉洲河套，然后驶入长江……

至于汉口更不用说。当年袁公堤（今长堤街）外一展平洋的湖沼低地，人称后湖，又称潇湘湖，水涨时平湖万顷，水退时平野无际，湖与湖之间河道相连，从六渡桥下堤，烟波一船，湖面上漂过去，由湖到河，东北直达黄陂……

千湖之省湖北，百湖之城武汉，年人均拥有水资源量达 90 万立方米，居世界城市之首。

关于城市发展美好图景的描述警醒着我们对现实的关注。

20 世纪 50 年代以来，武汉三镇中心城区（包括主城区）中的湖泊和